FABRICE MIDAL

Fabrice Midal, philosophe et écrivain, est l'un des principaux enseignants de la méditation en France. Il est l'auteur de très nombreux livres dont *Foutez-vous la paix !* (Pocket, 2018) traduit dans plus de quinze pays.
Fondateur de l'École occidentale de méditation, Fabrice Midal dirige aussi des journées d'introduction à la méditation, qui sont autant de moments uniques, profonds et joyeux. La méditation qu'il défend n'est pas un outil pour se calmer, être zen et détaché de la réalité, mais une façon de se relier à la réalité d'une manière plus éthique et responsable.

Pour en savoir plus, vous pouvez consulter son site :
www.fabricemidal.com
Vous y trouverez nombre de méditations
et d'enseignements en libre accès.

ÉVOLUTION

Des livres pour vous faciliter la vie !

Laure GONTIER
Good Vibrations
Le bonheur à la californienne

Christophe BOURGOIS-COSTANTINI
Vous êtes 10 fois plus intelligent que vous ne l'imaginez !

Katrina ONSTAD
Week-end paresseux, week-end heureux
Réapprendre à ne (vraiment) rien faire pour se reconnecter à soi

Thich NHAT HANH
Marcher en pleine conscience

Thich NHAT HANH
Se détendre en pleine conscience

Esther PEREL
Je t'aime, je te trompe
Repenser l'infidélité pour réinventer son couple

Céline SANTINI
KINTSUGI,
l'art de la résilience

Li QING
Shinrin yoku
L'art et la science du bain de forêt

Fabrice MIDAL
Devenez narcissique et sauvez votre peau !

Thich NHAT HANH & Katherine WEARE
Un prof heureux peut changer le monde
La pleine conscience à l'école

Devenez narcissique
et sauvez votre peau !

Larousse :

Narcisse : homme amoureux de lui-même
Investissement de la libido sur la personne propre

libido : volupté
Energie de la pulsion sexuelle.
La libido peut s'investir sur le Moi - libido narcissique -
ou sur un objet extérieur

DU MÊME AUTEUR

CHEZ POCKET

DANS LA COLLECTION « AGORA »

COMPRENDRE L'ART MODERNE

POURQUOI LA POÉSIE ?

DANS LA COLLECTION « ÉVOLUTION »

COMMENT ÊTRE BOUDDHISTE ?

FRAPPE LE CIEL, ÉCOUTE LE BRUIT

COMMENT LA PHILOSOPHIE PEUT NOUS SAUVER

52 POÈMES D'OCCIDENT POUR APPRENDRE À S'ÉMERVEILLER

FOUTEZ-VOUS LA PAIX !

DEVENEZ NARCISSIQUE ET SAUVEZ VOTRE PEAU !

Fabrice Midal

Devenez narcissique et sauvez votre peau !

Flammarion | Versilio

Cet ouvrage a précédemment paru sous le titre :
Sauvez votre peau !

MIXTE
Papier issu de sources responsables
FSC® C003309
FSC
www.fsc.org

Pocket, une marque d'Univers Poche,
est un éditeur qui s'engage pour la préservation
de l'environnement et qui utilise du papier fabriqué
à partir de bois provenant de forêts
gérées de manière responsable.

ISBN : 978-2-266-28746-3
Dépôt légal : mai 2019

Composé par PCA

Imprimé en France par CPI en décembre 2019
N° d'impression : 3037147

Sommaire

Chapitre 1

Renaître d'aimer

« Il faut apprendre à s'aimer soi-même, telle est ma doctrine d'un amour entier et sain, afin de demeurer fixé en soi au lieu de vagabonder en tous sens. »

Friedrich Nietzsche

Ai-je été un adolescent plus tourmenté que la moyenne ? Quelques questions me hantaient, et deux d'entre elles m'empêchaient souvent de dormir la nuit : « Que faut-il que je fasse de ma vie ? », inéluctablement suivie de celle encore plus existentielle : « Au fond, qui suis-je ? » Pris d'angoisse, il m'arrivait parfois de les poser à mes professeurs. Avec insistance, je l'admets. L'un d'eux, excédé, m'avait un jour répondu : « Mais arrêtez d'être aussi narcissique ! » J'avais compris ce mot comme une condamnation.

Le souvenir de cet épisode s'est brutalement réveillé, il y a plusieurs années de cela, dans le métro, quand j'ai entendu une femme, visiblement excédée elle aussi, lâcher avec colère à son fils : « Mais arrête d'être narcissique ! » Le gamin a baissé la tête, comme pris en faute.

Une injure, « narcissique » ? Un quelque chose en moi, je ne sais trop quoi, me dictait l'urgence de me réconcilier avec ce gros mot. J'ai procédé à ma manière : je me suis plongé dans un livre. Cette fois, c'était une œuvre étrange dont je m'étais délecté pendant mes études de philosophie, *Les Métamorphoses* d'Ovide. Une œuvre en vers, écrite au cours de la première décennie de notre ère par un poète latin qui s'était mis en tête de retranscrire les principaux épisodes de la mythologie gréco-romaine. L'histoire du monde, à son époque… J'ai été pris d'un frisson de plaisir, trouvant un sens nouveau à ces récits qui, sous prétexte de raconter les dieux, décortiquent les passions si humaines qui nous traversent tous.

J'ai relu la légende de Narcisse, ne me doutant pas du cataclysme que cette lecture ferait naître en moi et dans ma vie. J'en avais conservé le modèle que nous impose la doxa. Celui d'un jeune homme orgueilleux et vaniteux, tombé amoureux de sa propre image et puni par les dieux de s'être trop aimé. Coupable de n'être pas humble. Doublement coupable de se trouver aimable et de s'aimer. Narcissisme, narcissique : sans trop réfléchir, j'utilisais ces mots, comme tout le monde, avec la consonance fort péjorative qu'ils portent, depuis des siècles, dans notre vocabulaire. De vilains mots. Et pourtant…

Il était une fois Narcisse.

Que raconte cette légende ? Fils d'une nymphe, Narcisse est porté, à sa naissance, devant le devin Tirésias qui prédit : cet enfant vivra vieux s'il ne se connaît pas. Étrange phrase… Tirésias était le devin officiel de Thèbes. À ce titre, il savait certainement ce qu'était le temple de Delphes, l'un des plus importants du monde grec, celui qui abritait l'Omphalos, le « nombril du monde ». D'ailleurs, sa fille y officiait comme prêtresse. Il savait aussi qu'une sentence, gravée dans la pierre, se détachait sur le fronton de ce temple, bien visible de tous : « Connais-toi toi-même. » Popularisée par Socrate, elle a nourri toute la philosophie grecque. Tirésias, qui n'était pas un contestataire et qui s'inscrivait dans l'orthodoxie de son temps, ne se serait certainement pas octroyé le pouvoir de la contredire.

Durant l'enfance de Narcisse, tout est fait pour qu'il ne se connaisse pas – symboliquement, la légende raconte qu'il lui est interdit de se mirer. Au fil des ans, il acquiert une beauté sans pareille. Tous ceux qui le rencontrent adolescent tombent amoureux de lui. Mais Narcisse ne sait pas qui il est, ni ce qu'il est. Il se vit comme un vilain petit canard qui ne se trouve pas du tout aimable. Comment croire les paroles de ses amoureux ? Il ne peut pas se faire confiance à lui-même, pourquoi ferait-il confiance aux autres ? Il ne se doute pas qu'il est aimable, n'a pas conscience de l'amour qu'il fait naître dans le cœur des jeunes hommes et des jeunes femmes auxquels il tourne le dos, les laissant dépités, malheureux. L'un de ses soupirants, Ameinias, s'en donnera la mort par l'épée. La nymphe Écho se laissera dépérir dans les vallons en répétant « hélas, hélas », jusqu'à ce que ne subsiste d'elle que sa voix.

Un jour, Narcisse se découvre. Pour mieux nous parler, le mythe met cette découverte en images : au retour d'une journée de chasse, il se penche sur une source et voit, pour la première fois, son reflet dans l'eau. Qui donc est ce jeune homme qu'il n'a jamais rencontré auparavant ? Il le regarde, le trouve beau : il ignorait tout de sa propre beauté – nous ignorons tous notre propre beauté, alors que nous sommes si prompts à la voir chez les autres. Il passe des jours à scruter ce reflet, à l'admirer. Il le « rencontre » et tombe amoureux de lui. De cet étranger qui n'est autre que lui-même. Quand il finit par se reconnaître, il touche une forme de jubilation et se transforme aussitôt en une extraordinaire fleur blanche au cœur d'or, la fleur de la joie pure, la première à éclore après l'hiver, qui porte désormais son nom : le narcisse.

Pour les Grecs, Narcisse était une joyeuse ode à la renaissance du printemps et à l'épanouissement de la nature, de la vie. Beaucoup plus tard, sans doute sous le poids des théologiens chrétiens, Narcisse est puni par les dieux de s'être trop aimé. Il devient le symbole de l'abomination de l'amour de soi qui retranche au seul amour reconnu et validé par eux : celui de Dieu. La morale de l'histoire, telle qu'elle subsiste de nos jours, est limpide : il est dangereux de s'aimer. Depuis, Narcisse fut (et reste) systématiquement accablé.

Mais meurt-il vraiment ? Dans la mythologie grecque, la mort des héros est soit leur annihilation, soit le début de leur descente aux enfers. Or, il n'est pas question d'enfers dans le mythe de Narcisse. La splendeur de la légende grecque est, en réalité, celle de la métamorphose et de la renaissance, non pas celle de la mort et de la disparition. De l'épanouissement dans une fleur qui revient chaque année aux premiers jours du printemps et signe la fin de l'hiver pour que s'épanouisse la nature. Une fleur qui est symbole de l'éclosion de la vie. Une fleur de surcroît connue depuis les Grecs pour ses vertus médicinales apaisantes…

Revenons au point de départ : la prophétie de Tirésias. Comme tous les devins de son temps, ce dernier s'exprimait forcément par allusions. Le sens réel de ses sentences n'apparaissait jamais d'emblée, au premier degré, mais c'était un sens caché, à chercher au-delà des apparences. En conseillant à Narcisse de ne pas se connaître, il ne lui interdit pas de *se reconnaître* et de découvrir l'humanité en lui, de se livrer au bel exercice du « Connais-toi toi-même ». Par contre, il le met en garde contre le piège de l'enfermement dans une identité figée (« Je suis homme, beau, jeune, fils de nymphe… »). Un carcan qui dissimule ce que l'on est vraiment, au fond de soi, et qui interdit l'accès à la sagesse symbolisée dans la prophétie de Tirésias – la vieillesse promise à Narcisse s'il ne s'enferme pas.

La légende de Narcisse n'interdit pas de s'aimer. Au contraire, elle raconte la nécessité, voire l'obligation de se rencontrer. De s'accepter. De faire la paix avec soi plutôt que de rester morcelé. Quand il voit pour la première fois son reflet dans le plan d'eau, Narcisse ne se reconnaît pas : ce reflet est pour lui celui d'un étranger. Curieux ? Au contraire ! Mon expérience dans l'enseignement de la méditation me confirme que la plupart d'entre nous ne se connaissent pas, ignorent leurs ressources, leurs talents, leurs richesses intérieures, leur beauté. Ils ne se sont jamais vus parce qu'ils n'ont pas appris à se regarder. Comme Narcisse qui ne se doute pas que ce jeune homme digne d'amour, ce jeune homme dont les autres sont amoureux à en perdre la raison, c'est lui. Il est étranger à lui-même : comment le saurait-il ? Nous sommes pour nous-mêmes des étrangers. On le dit indifférent, on le trouve orgueilleux ; il est seulement ignorant. Il se découvre peu à peu, en se mirant dans la source. En se regardant. Il se trouve beau et il l'est ; aimable, et il l'est aussi. Son cœur commence à se dégeler. Il acquiert la capacité d'aimer, donc de s'ouvrir au monde et de recevoir de l'amour. Il s'aime et se métamorphose.

Un gros mot, Narcisse ? Étrange malentendu… Oui, j'ai cru moi aussi, pendant des années, qu'être narcissique était une faute, une erreur et, plus grave encore, une perversion. Un frein puissant à l'empathie et à la capacité de se tourner vers les autres. Un problème majeur de notre temps qui nous aurait conduits à forger une société égoïste, une société où l'on souffre de dépression et de déficit d'attention, où l'on meurt de burn-out et d'épuisement – les maladies majeures de notre temps, celles qui ont remplacé, au palmarès de la mortalité, les virus du siècle dernier.

Examinons-les de plus près, ces maladies. Sans les œillères dont nous avons hérité. Une évidence s'impose : elles sont directement liées à l'autoexploitation des êtres humains, c'est-à-dire à leur exploitation par eux-mêmes. À notre aveuglement, à notre incapacité à nous regarder, à nous écouter, à voir que notre corps et notre esprit ne suivent plus et nous appellent à l'aide, au repos.

Nous n'avons jamais appris à avoir de la bienveillance envers nous-mêmes, à nous aimer, à nous étonner. Enfant, quand j'étais en colère, on ne me demandait pas ce que je voulais *vraiment* ; on me disait, comme à tous les enfants : « Va dans ta chambre et calme-toi. » Au collège puis au lycée, ce n'était jamais « Regarde en toi », mais plutôt « Tais-toi ». Au travail il fallait suivre, se plier aux règles de l'hyperperformance. Au risque de se brûler, sans jamais s'écouter ni se ménager.

Nous ne savons même pas nous respecter : nous nous méprisons sans toujours nous en rendre compte. Nous sommes durs avec nous-mêmes, bien plus durs que nous n'oserions l'être avec quiconque. Nous ne nous écoutons pas et nous attendons de l'autre qu'il nous écoute. Nous ne trouvons pas la paix en nous, et nous en voulons aux autres de ne pas nous foutre la paix, ni nous apprécier. Mais est-ce que nous nous foutons nous-mêmes la paix ? Nous nous écrasons et écrasons les autres, sans nous en rendre compte. Même quand nous nous prétendons habités par l'esprit du sacrifice.

Le mythe de Narcisse m'évoque irrésistiblement un conte de fées que je lisais souvent quand j'étais enfant, *La Reine des Neiges* – l'un des plus longs contes d'Andersen, sans doute le plus inspirant pour lui. J'étais Kay, nous sommes tous Kay, l'enfant qui passait des heures à rire et jouer avec sa voisine Gerda, qui croquait la vie à pleines dents et que tout le monde adorait. Jalouse de leur amitié, la redoutable Reine des Neiges l'envoûte en lui envoyant deux éclats de son miroir de glace ensorcelé, l'un dans l'œil, l'autre dans le cœur.

L'adorable bambin se transforme en un être dur et indifférent, orgueilleux et méchant. Il détruit les rosiers qu'il avait plantés avec Gerda, refuse désormais de rendre le moindre service à quiconque. Il devient aussi, insiste Andersen, plus réfléchi : « Il est intelligent, ce garçon », dit-on alors de lui. Il devient aveugle à la beauté simple des choses qui l'entourent et son cœur, tel celui de Narcisse, se transforme en bloc de glace. Il ne peut plus s'aimer, il ne peut plus aimer. Même Gerda lui devient étrangère.

Au terme d'une longue aventure où se croisent ogres et maléfices, la fillette le délivre par une larme. Une larme qui pénètre droit dans le cœur de Kay et fait fondre la glace qui l'emprisonnait. Le garçonnet fond alors en larmes, et ces larmes évacuent le second éclat, celui qui l'aveuglait. Kay recommence à vivre. À aimer.

Nous sommes tous Kay, nous sommes tous Narcisse avant sa rencontre avec lui-même. Nous avons tous le cœur emprisonné dans une gangue de glace qui nous durcit, nous isole dans notre tour d'ivoire, nous interdit de voir, aussi bien les autres que nous-mêmes.

Aveugle à la réalité et endurci quand il a le cœur et le regard glacés, Kay s'emmure dans la carapace de la vanité. Tant qu'il ne sait pas se regarder ni se reconnaître, Narcisse est incapable d'aimer. Comme Kay, il pleure quand son cœur est enfin touché. En s'aimant, il redevient humain. Il se rencontre et se transfigure en cette fleur au cœur jaune d'or, palpitant, précieux, un cœur joyeux. Il renaît d'aimer. Il se reconnaît. Il peut enfin dire oui…

Chapitre 2

Le vilain petit canard

« Ne méprisez la sensibilité de personne ; la sensibilité de chacun, c'est son génie. »

Charles Baudelaire

Enfant, je n'étais ni Narcisse ni Kay, mais le vilain petit canard, différent des autres canards, ne sachant rien faire comme eux et objet de réprimandes et de moqueries.

Pour mes parents, j'étais une sorte d'anomalie sur terre. Ils me prenaient pour un demeuré, cherchant néanmoins à faire avec. Ils se battaient ainsi chaque année pour que je passe en classe supérieure et avaient cessé de me reprocher mes notes désastreuses. Tout juste avaient-ils levé les épaules, épuisés, quand, en classe de quatrième, une enseignante avait griffonné sur mon carnet : « À punir sévèrement, ne fait pas assez d'efforts. » Je ne faisais pas beaucoup d'efforts, c'est vrai. J'essayais un petit peu de travailler, mais toujours dans la peur et l'ennui. Pas dans le bonheur ni l'épanouissement. Persuadé d'être anormal puisqu'on me le répétait, j'avais perdu tout allant. Il me paraissait évident que je ne pouvais pas mieux faire.

J'avais par ailleurs une sorte de handicap de naissance : la maladresse. J'ai su plus tard que j'étais mal latéralisé – et je le reste, je ne sais toujours pas reconnaître spontanément ma gauche de ma droite. Je ne savais pas nouer mes lacets et comptais sur la maîtresse pour m'aider – ce qui me remplissait de honte. Je ne parvenais pas, non plus, à jouer au ballon avec les autres enfants : d'abord je ne réussissais presque jamais à le rattraper et, les rares fois où j'y parvenais, je le lançais au mauvais endroit, faisant perdre mon équipe et m'attirant les quolibets des gamins. Apprendre à nager avait été un calvaire : un ami de mes parents, particulièrement patient, y avait passé un mois entier, à raison de plusieurs heures par jour, avant que je me décide à coordonner les gestes de mes bras et de mes jambes. Et tout était à l'avenant. Je n'aimais pas les jeux des garçons, je courais mal, tirer les cheveux des filles ne m'amusait pas et leur soulever les jupes non plus.

J'aurais fait n'importe quoi pour être comme mes copains d'école, je m'en voulais terriblement, mais j'étais autre. J'étais différent. J'avais honte d'être moi. De ce vilain petit canard qui avait besoin d'être pris par la main pendant un temps infini pour réussir ce qui semblait si naturel à tout le monde. Je me sentais presque monstrueux de ne pas pouvoir imiter mes camarades, de ne pas prendre plaisir à courir et à me dépenser. Je rêvais de devenir « comme eux ». J'avais le sentiment d'être en permanence en faute. Je n'étais pas digne d'être. Je me vivais singulier. Je n'avais pas compris qu'en réalité nous sommes tous singuliers.

Il a fallu, au tout début de mon adolescence, un regard pour me réveiller. Le regard de mon grand-père. La peinture était pour moi une passion, mais mes tableaux ne passionnaient pas grand monde. En été, quand nous partions ma sœur et moi en colonie de vacances, ma mère rangeait nos chambres. Pour elle, ranger signifiait essentiellement jeter. Mes dessins de l'année finissaient donc à la poubelle, et cela me semblait normal. Quel intérêt pouvaient avoir les dessins de l'anomalie que j'étais ?

Jusqu'à ce jour où mon grand-père est entré dans ma chambre pendant que je peignais. Il a regardé pardessus mon épaule. Je ne le voyais pas mais je ressentais son intérêt et sa curiosité. Il m'a demandé ce que je dessinais, m'a dit que ça lui plaisait. C'est tout. C'est tout et c'était énorme. Je n'ai pas sauté de joie mais j'ai ressenti bien plus que cela : un incroyable soulagement. Le premier pas sur un chemin dont j'ignorais qu'il existait et dont je ne savais pas non plus qu'il n'a jamais de fin : la capacité à se dire oui. À oser s'apprécier et à se l'avouer. J'ai observé mes aquarelles d'un autre œil, je me suis dit qu'elles me plaisaient – une question que je ne m'étais jamais posée auparavant.

Mais la peinture n'était alors pour moi que de l'ordre de la distraction. Une chose mineure. Je n'ai pas envisagé d'étendre ce regard à d'autres activités. Je restais en hiver, persuadé que partout ailleurs, c'était le printemps. De temps en temps, il y avait bien sûr quelques adultes pour me réconforter, « tu réussiras quand même » ou « essaye autre chose ». Je ne les croyais pas vraiment, ils ne faisaient disparaître ni le chagrin ni les difficultés mais, après le regard de mon grand-père, quelque chose s'était modifié. Il avait instillé un doute qui fendillait ma carapace, celle de la seule identité que je me connaissais : maladroit.

J'avais vingt et un ans et je m'ennuyais dans mes études trop théoriques de philosophie quand j'ai participé, pour la première fois, à un séminaire de méditation. La radicalité du discours de l'enseignant m'avait interloqué, presque refroidi : il y a en chaque être humain, nous avait-il dit, quelque chose de beau et de bon qui mérite d'être aimé. C'est ce quelque chose, avait-il ajouté en pointant du doigt un vieil arbre magnifique, qui nous permet de voir la beauté du monde.

À l'université, nous voguions dans le monde abstrait des idées. Et là, on me parlait de disséquer des faits et, pire encore, de m'intéresser à ce que j'étais ? J'avais passé le reste de la journée à chercher en moi ce qui pouvait être aimable. Franchement, je ne trouvais pas. Je voyais mes insuffisances, mes faiblesses, ma propension à trop penser et dans tous les sens. Ma maladresse, ma différence, la cicatrice que j'avais à la lèvre depuis ma naissance. Mes petites mesquineries, mes peurs, mes jalousies. Qu'y avait-il d'aimable en cela ?

Je ne comprenais pas. Je n'étais pas particulièrement malheureux ni angoissé, je vivais avec une évidence qui n'était même pas un problème : j'étais médiocre, les autres étaient brillants. Chacun à sa manière, mais ils l'étaient tous. J'arrivais tout de même à me supporter, et c'était déjà excellent : je ne voyais pas quel autre rapport je pouvais entretenir avec ma personne, et le présupposé qu'il y ait de l'aimable dans cette personne ne me venait pas à l'esprit. Je trouvais d'ailleurs absurde de m'interroger comme cet enseignant nous y invitait. Son discours n'avait pas de sens, mais vu que ce séminaire s'étalait sur plusieurs jours, j'ai essayé de jouer le jeu.

J'avais commencé à méditer deux ou trois ans plus tôt pour me débarrasser de moi. Pour « me calmer ». Je n'avais pas pris conscience de la violence de cet acte, de la terreur que j'ambitionnais d'exercer contre cet encombrant moi – dont je ne me débarrassais d'ailleurs pas. Sans me l'avouer, j'étais inquiet de me regarder, de ce que je risquais de découvrir. À plusieurs reprises, au cours du séminaire, j'ai cédé à la tentation de me museler et de ne pas trop me scruter : passez, il n'y a rien à voir…

Le quatrième jour, je me suis écroulé. C'était le soir, j'étais seul dans le jardin. Soudain, j'ai réalisé que je n'en pouvais plus d'être moi. J'étais habité par une haine féroce contre ce moi, une haine que je n'avais jamais perçue parce que je ne m'étais jamais interrogé. Je ne correspondais à aucun standard, aucun canon, je me martyrisais pour donner le change et essayer d'être « comme tout le monde », mais même ce harcèlement, je ne le voyais pas – on ne le voit jamais alors qu'on est si prompt à le reconnaître quand il s'exerce sur d'autres.

« Je me déteste. » Au moment où j'ai prononcé ces trois mots, à haute voix je crois, à l'instant où je me suis pris en flagrant délit de détestation, j'ai eu très mal et j'ai cessé de me détester. Je ne me suis pas pour autant aimé ni apprécié, loin de là, mais un poids venait de disparaître, celui de cette haine souterraine que je venais de nommer, d'identifier, qui me rendait âcre avec moi-même, méchant envers moi-même. Jamais content, toujours méfiant. « Intelligent » mais froid, comme Kay après qu'il a reçu dans l'œil et le cœur les éclats du miroir de glace de la Reine des Neiges.

Ce fut une claque. Un réveil. Une libération. Je ne le savais évidemment pas mais, ce soir-là, j'ai vécu mon premier moment de narcissisme : je me suis rencontré. De loin, mais je me suis néanmoins rendu compte que j'existais. Je cherchais un monstre, un être affreux, horrible, inquiétant, je ne l'ai pas trouvé. Il n'y avait que moi, certes blessé, certes imparfait, mais méritant d'être regardé avec bienveillance, comme on le ferait pour un enfant, un ami, voire un étranger qui suscite notre curiosité. J'ai pris, pour la première fois, ma douleur dans mes bras. J'ai évité les remontrances, les « Peut mieux faire » et les « Je suis nul ». J'étais à nu ; je méritais d'être consolé. Et j'ai entamé le chemin.

Ce chemin-là n'est pas une autoroute, mais un sentier sur lequel on trébuche mille fois. On ne s'aime jamais une fois pour toutes, on a sans arrêt à surveiller où l'on pose ses pas. Trente ans plus tard, je continue, chaque jour ou presque, de me prendre en flagrant délit : il m'arrive encore de me harceler, de m'autocondamner, de me traiter d'imbécile et de trouver normal d'être maltraité, par moi-même ou par d'autres. Un gaz maléfique commence alors à empoisonner mon atmosphère. Je le dissipe en me souvenant de ce soir-là où j'ai enfin été autorisé à m'aimer.

Sur ce chemin, je n'ai pas seulement trébuché : j'ai commis des erreurs qui m'ont conduit à des impasses et quelques maladresses. J'ai ainsi cru que je devrais développer davantage d'estime de moi-même. C'était l'époque où bruissait cette injonction. Des chercheurs avaient constaté que les personnes qui réussissent ont, en général, une image positive d'elles-mêmes – à l'inverse de celles qui peuplent les prisons et les centres de désintoxication. Partant de cette conclusion, l'État californien avait alors décrété que l'estime de soi serait une priorité éducative pour régler tous les problèmes, individuels et sociaux. À l'américaine, une *Task force to promote self-esteem*, c'est-à-dire « une force d'intervention pour promouvoir l'estime de soi » fut mise sur pied en 1986. Sa mission : répéter aux enfants, aux adultes, aux jeunes, aux vieux : « Vous êtes formidables ! »

L'opération avait été coûteuse, le fiasco fut retentissant. Les agents avaient beau clamer à chacun qu'il était génial, leurs interlocuteurs leur souriaient poliment mais n'en croyaient pas un mot. « Génial, moi ? C'est gentil, mais en quoi ? » Exactement comme l'une de mes collaboratrices qui m'avait récemment rétorqué : « Oh non, il y a un malentendu ! Si vous me connaissiez vraiment… » Au bout de quelques années, une étude a été commandée par la *task force* pour évaluer les bénéfices de son action. Bilan plus que mitigé : « Les données enregistrées démontrent que l'association entre l'estime de soi et ses conséquences sont douteuses, insignifiantes, voire absentes. » Il y avait toujours autant d'obésité, de violence, de grossesses précoces, d'échec scolaire ou de drogue. La malédiction de la haine de soi n'avait pas été levée : il manquait l'essentiel pour qu'elle le soit.

Il manque toujours cet essentiel dans la multitude de stages et autres coachings axés sur le bien-être et le développement personnel, qui ne font que reproduire le malheureux scénario californien. « Aimez-vous », « estimez-vous », assène-t-on pendant une journée ou une semaine à des personnes pourtant motivées. Elles sont en mal d'exercices pour y parvenir ? On leur sert des méthodes (si possible faciles) en trois ou dix points, des recettes simplistes, préemballées et prémâchées, qui révéleraient le génie en soi. Leur seul effet est un dur retour de bâton pour ceux qui s'y engagent, ne voient aucun changement s'opérer en eux et en déduisent : « Même ça, je n'y arrive pas. »

Non, aussi scrupuleusement suivent-ils ces recettes, ils n'y arriveront pas. Car aimer n'est pas le résultat d'un constat intellectuel. Ce n'est pas un exercice à effectuer à des moments précis, selon une posologie précise, un rendez-vous que l'on cale dans son agenda, entre une réunion, un dossier à boucler et quelques courses pour la maison. Je ne peux pas décider d'aimer tous les jours ou trois fois par semaine, de 14 heures à 15 heures, au rythme d'un cours de musculation, puis me considérer quitte le reste du temps. Ce n'est pas, non plus, un exercice d'introspection : je peux m'enfermer trois jours ou un mois seul dans une pièce, je ne m'aimerai pas plus, ni n'aimerai plus les autres.

Entre l'estime de soi et l'amour réside une énorme différence : l'élan de vie. Estimer est un acte de l'intelligence. Aimer est une aventure. Le fruit d'une rencontre qui s'ancre dans la réalité. Je ne peux pas recevoir l'ordre d'aimer et l'exécuter, même s'il est accompagné d'exercices, et malgré toute ma bonne volonté. Pour aimer une personne, je dois prendre le temps de la découvrir. Et accepter de ne pas l'aimer juste pour une raison précise – parce qu'elle a un joli nez, sait résoudre des mots croisés ou a tel ou tel trait de caractère. Je l'aime sans raisons, au-delà de l'intellect et de la raison. Pourquoi en serait-il autrement avec moi-même ?

Il m'a fallu du temps pour devenir narcissique, me rencontrer sans m'arrêter de vivre ni avoir à l'idée de remplir un questionnaire comme sur un site de rencontres et, à partir de là, commencer à m'aimer. Car le narcissisme n'est pas un nombrilisme, il n'a rien à voir avec la vanité, il est tout simplement la reconnaissance de soi en tant qu'être vivant et digne d'intérêt.

J'ai donc prêté attention à cet être, moi, dans ses activités. J'ai tâtonné avant de trouver une première entaille à laquelle m'accrocher ! Ce fut, un jour où je peignais, le souvenir du regard de mon grand-père sur mes dessins. J'ai brusquement réalisé que cette activité n'était pas, pour moi, un passe-temps, mais une nécessité : quand je tiens un pinceau, où que je sois, je me sens chez moi, à la maison. J'ai observé mes tableaux, sans complaisance mais sans dédain non plus. J'ai admis que s'ils avaient été signés par un autre, je les aurais trouvés intéressants. Pourquoi, du fait qu'ils étaient mon œuvre, mon regard était-il aussi dur à leur égard ? Jamais un « C'est bien », toujours un « Ce n'est pas assez ». Jamais un « J'en suis fier », toujours un « Je ne peux pas les montrer ». L'idée a fait son chemin dans mon esprit, tout doucement, presque honteusement : après tout, peut-être que j'ai en moi quelques possibilités ? Que je ne suis pas la tare que j'étais persuadé d'être ?

Des années plus tard, j'en parlai avec mon ami Tal Ben-Shahar, le maître de la psychologie positive aux États-Unis. Il m'a raconté un épisode similaire qui l'avait marqué. Un élève posait problème à tous ses enseignants. Ses notes en classe étaient désastreuses, le sport ne l'intéressait pas et aucune activité ne l'emballait. Il était lui-même persuadé d'être nul en tout. Un horrible petit canard.

« Tu ne sais vraiment rien faire ? » lui avait demandé le psychologue. Après une longue réflexion, l'enfant avait lâché : « Je sais jongler, mais c'est juste pour m'amuser. » Il avait alors été invité à se produire devant sa classe. Sa prodigieuse dextérité avait fasciné ses camarades. Pour la première fois, il s'était entendu dire : « Ce que tu fais est génial ! » Il n'en revenait pas. À partir de là, et parce qu'il avait identifié un génie en lui, quelque chose avait radicalement changé. Il était bloqué face au mur de sa supposée nullité.

Quand il a accepté d'en détourner le regard, il a peu à peu découvert d'autres portes, d'autres possibilités. Au fil des mois, le vilain petit canard a mis de côté son préjugé : « Ça ne va pas marcher. » Il a commencé à se déployer. À devenir cygne.

Lors d'un séminaire que j'animais sur ce sujet, l'une des participantes s'était levée, effrayée : « Je m'en vais, je ne veux pas mettre le doigt dans l'engrenage. Je ne peux pas. » Elle était quand même restée. Elle s'ennuyait dans son travail, dans sa vie. Au cours de cette séance, m'a-t-elle dit bien plus tard, elle avait d'un coup pris conscience que les déjeuners du dimanche, chaque dimanche, dans sa belle-famille, l'empoisonnaient depuis des années. Après ce séminaire, elle a osé dire non. Non à ces dimanches d'ennui. Ce non-là, cette autorisation à être, a effectivement entraîné pour elle d'autres non, en cascade. Et à chaque non, elle éprouvait un choc libérateur, un moment de narcissisme profond. Elle se sentait renaître et s'épanouir et avait désormais envie de vivre en accord avec elle-même. Deux ans plus tard, elle a changé de ville et de vie. Elle a fait de ses talents de cuisinière son nouveau métier. Son restaurant est en voie de décrocher sa première étoile.

Pour ma part, je suis devenu cygne mais je n'ai pas changé de vie. J'avais entamé le chemin en espérant qu'il me transformerait, c'est-à-dire qu'il effacerait mes singularités. Je me vivais comme une tare, je me voulais autre. Dans une autre peau, dans une autre vie.

J'ai été radicalement transformé, mais autrement. Je suis entré dans une histoire, mon histoire. Je n'ai pas changé ce que je suis. Je reste maladroit et mal coordonné, rêveur et peu patient, je n'aime pas faire la fête… et alors ? Je me suis autorisé à m'écouter, sans chercher à m'aimer, ni d'ailleurs à me détester. J'ai fait connaissance avec moi, comme Narcisse avec son reflet.

J'étais en guerre permanente contre ma personne, je me harcelais pour me couler dans un moule, pour être plus ceci ou moins cela. J'ai découvert qu'au fond je n'avais pas envie de courir ou danser « comme les autres », d'écouter les mêmes musiques ou d'avoir le même rythme de vie. D'ailleurs, qui sont ces « autres » ? Je me pensais singulier, mais nous sommes tous singuliers. Nous sommes tous de petits canards appelés à devenir cygnes – pour peu que nous le voulions et y prêtions attention.

J'ai été étonné par moi-même, je me suis à quelques reprises dérangé, plus souvent agréablement surpris par des qualités qu'il ne me venait pas à l'esprit d'identifier. J'ai cessé de m'entêter à passer des concours que je ne réussissais pas et j'ai abordé la philosophie par un autre biais, moins académique, plus vivant. J'ai suivi, pendant sept ans, les cours d'un enseignant qui me correspondait, j'étais passionné par les possibles qu'il m'ouvrait.

J'ai abordé la méditation pour ce qu'elle est : un acte de pleine présence. J'ai appris à me faire confiance, je suis sorti des rails et j'ai commencé à vraiment enseigner. J'ai réalisé, d'abord avec un peu d'angoisse, que comme tout le monde, je suis génial quoique imparfait, quoique parfois médiocre.

Puis, un jour, cela peut sembler étrange, je me suis trouvé aimable.

Chapitre 3

NARCISSE, MON MODÈLE

« *Je me mire et me vois ange.* »

Stéphane Mallarmé

L'une de mes amies lève toujours un sourcil furibard quand je complimente ses enfants, trois adorables bambins, brillants en classe et débordants de vie : elle est persuadée que « je ne leur rends pas service » : satisfaits de leur personne, ils relâcheront leurs efforts. Il faut, me dit-elle, sans cesse les « pousser », les « aiguillonner ». Ne jamais les féliciter, toujours les amener à se dépasser.

Nous avons intégré ce préjugé de manière encore plus radicale quand il s'agit de nous-mêmes. L'autofélicitation est une faute inexcusable – sauf si le compliment est exprimé sur le mode de la plaisanterie. « Il (ou elle) prend la grosse tête », dit-on en entendant quelqu'un se décerner une médaille, aussi minuscule soit-elle. Car notre société nous impose sa règle d'airain que j'appelle une malédiction : soyons modestes ! Nous l'avons tellement bien intégrée que nous n'osons pas, ou si rarement, nous reconnaître un talent, une force, des capacités, un génie. Mon maître, Montaigne, s'en était déjà révolté : « Dire moins de soi qu'il y en a, c'est sottise, non modestie. Se payer de moins qu'on ne vaut, c'est lâcheté et pusillanimité », écrit-il dans ses *Essais* (II, 6).

Je réfléchis souvent à cette phrase. Elle me réveille. Reconnaître nos faiblesses, nous savons faire, et même très bien faire. Pour ce qui est de nos atouts, c'est bien plus compliqué. Quel est donc ce jeu social absurde qui consiste à manquer d'honnêteté ? À refuser d'admettre que nous sommes, comme tout le monde d'ailleurs, parfois formidables et parfois moins bons. Parfois géniaux, d'autres fois médiocres, ou même mauvais. Nous marchons sur une seule jambe, de surcroît notre jambe cassée, et nous nous plaignons de ne pas avancer.

Je ne dispose pas de méthode prête à l'emploi, je l'ai dit. Je dispose de bien plus que cela : un modèle, Narcisse, que j'ai fait mien. Longtemps, je n'ai pas osé l'avouer : je n'avais pas encore le courage d'affronter la pensée dominante selon laquelle le mal dont souffre notre monde est l'individualisme, l'égoïsme et, injure suprême, le narcissisme. Je voyais pourtant autour de moi des personnes s'écrouler à force de se détester : elles estimaient toujours qu'elles n'en faisaient pas assez, ne se sacrifiaient pas assez, qu'elles n'étaient pas à la hauteur. Que leur moi était vicié, haïssable. Un ennemi…

Le réveil narcissique fut, pour moi, l'équivalent du baiser donné par le Prince Charmant à la Belle au Bois Dormant pour la sortir de son long sommeil. Je suis sorti de la léthargie dans laquelle j'étais plongé et j'ai vu notre monde peuplé de robots programmés pour « faire » et encore « faire », jusqu'à ce que leurs batteries s'épuisent et les mettent hors-service. Des machines et non plus des êtres dotés de vie, de passions, de rejets, d'envies.

J'étais un robot ; j'ai pris le temps de faire connaissance avec l'être humain en moi. De m'observer dans ma vie quotidienne. J'ai reconnu les rôles derrière lesquels je me dissimulais, des personnages comparables aux masques du théâtre antique. Qui suis-je ? Patron ou salarié, marié ou célibataire, jeune ou vieux, actif ou paresseux, surdiplômé ou détenteur d'un CAP… J'ai identifié ces modèles virtuels que je m'épuisais, en vain, à imiter. Des images qui n'existent pas dans la réalité, des idéaux artificiels que me renvoyaient les livres, les films, les magazines, et auxquels j'avais fini par croire, m'échinant à leur ressembler. Cette prise de conscience m'a complètement réveillé.

Je suis devenu l'explorateur de mon être. Je découvrais, et j'en étais étonné, une terre jamais défrichée. C'était, pour moi, une aventure, la grande aventure de la découverte de soi, de l'inaccessible en soi, sans calculs ni buts ni objectifs. Je me suis autorisé à vagabonder : quand et où suis-je le plus humain ? Quand et où suis-je le plus heureux ? Quand et où suis-je vraiment moi ?

Elle nous parle, notre vie, mais nous avons pris l'habitude de la réduire au silence. J'ai ainsi pris la mesure de ce que je suis : un être qui n'est pas forcément parfait mais qui est moi. Qui a des défauts, certes, mais aussi des qualités. Qui est bien plus complexe que ces images que je projetais dans l'espoir d'une dérisoire reconnaissance extérieure et auxquelles je finissais par m'identifier. Je me suis libéré du maléfice de la Belle au Bois Dormant, mais je n'ai pas achevé l'aventure : chaque jour, ma vie me donne de nouvelles réponses aux nouvelles questions que je continue de me poser. Car je suis, nous sommes, heureusement, des êtres qui changent, qui évoluent. Mais nous restons sourds à ces changements, nous nous méfions d'eux et restons dans une idée figée de nous-mêmes. Raison pour laquelle le narcissisme n'est jamais accompli une fois pour toutes, il demande à s'exaucer, encore et encore.

La première leçon que m'a donnée Narcisse était l'impératif de me connaître. La deuxième, tout aussi surprenante, fut le droit que j'avais d'être, d'être pleinement, d'être comme je suis, d'être heureux. Gratuitement heureux, inconditionnellement heureux. Ici et maintenant. Tout de suite et sans remords. Sans honte. Sans culpabilité.

Dans notre culture occidentale, le bonheur est la cerise sur le gâteau. Pour l'obtenir, il faut d'abord confectionner le gâteau : se sacrifier, travailler, agir selon la vertu. Le bonheur viendra ensuite, en guise de récompense. Il sera le « ouf » de soulagement qui nous échappe… après, une fois que nous avons terminé (et réussi) notre tâche. Dans l'au-delà si nous avons mené une vie exemplaire, selon le christianisme et la plupart des religions. Pour les générations futures, le bien commun et la patrie, selon le communisme. Pour acquérir, plus tard, une grande maison, une belle voiture, des vêtements de marque et des vacances sous les tropiques, donc consommer, selon le capitalisme. Au fond, ce gâteau, il arrive très souvent qu'on ne le goûte même pas. Alors, la cerise…

Cette idéologie a été confortée par la dictature de la performance qui prévaut dans nos sociétés. Ensemble, elles ont formé un cocktail catastrophique qui nous empoisonne : nous sommes convaincus que nous pouvons toujours faire mieux, tout le temps (un meilleur gâteau, de meilleures performances sportives, de meilleures notes en classe, un meilleur contrat, une plus belle voiture…), et que nous ne réussirons que dans la douleur. Nous ne considérons jamais qu'un moment est accompli et vivons, de ce fait, dans une perpétuelle insatisfaction : non, « ça ne va » jamais assez parfaitement. Oui, on peut toujours mieux. Satisfait ? Mais de quoi ? Travailler dans le bonheur plutôt que dans la tension, dans l'enthousiasme plutôt que dans l'angoisse, nous semble suspect : cela ne pourrait être que le fait de ceux qui ne se donnent pas à fond dans leur travail, les paresseux, les incompétents, les ratés, peut-être aussi les artistes. Pour tous les autres, il est établi que « tu gagneras ton pain à la sueur de ton front, jusqu'à ce que tu retournes à la terre d'où tu as été tiré » (Genèse 3, 19). Être sous pression, débordé est devenu un signe de compétence. Nous marchons sur la tête.

Il aura fallu attendre les avancées de la psychologie positive pour que la conviction héritée de la Bible commence à être ébranlée. Le bonheur n'est pas la cerise sur le gâteau, il est le gâteau en train d'être confectionné ; il n'est ni un égoïsme ni une frilosité, mais une condition de la réussite. Nous sommes suspicieux quand les défis sont relevés dans la joie plutôt que dans la peur. Et nous refusons d'admettre ce qui est pourtant une évidence : les victoires les plus spectaculaires sont portées de bout en bout par l'enthousiasme et non par l'angoisse.

J'ai plusieurs fois entendu des parents s'inquiéter lorsque leurs enfants, étudiants en classes préparatoires et donc soumis à un rythme intensif, ne se plaignaient pas. La réussite aux concours leur semble conditionnée par l'intensité de la souffrance exprimée.

Les étudiants, eux, ont tellement bien intégré cette règle qu'ils n'osent pas, ou rarement, avouer son absurdité. « C'est très dur » est la parole rassurante que l'on attend d'eux. Pourtant, ceux qui ont le plus de chances de réussir se sont autorisés à vivre la jubilation de travailler et d'apprendre. Ils se sont laissé porter par leur élan vital, ils ont été en rapport, même dans les moments les plus difficiles, avec leur désir profond – leur désir, non pas celui de leurs parents ou de leurs enseignants. Ils ont été narcissiques et ont, en amont, choisi ces classes par narcissisme. Par envie. Ils ont certes passé des nuits blanches, ils ont trimé, ils ont aspiré au meilleur. Mais le meilleur pour eux, celui qui correspond à leur être profond.

J'ai progressivement cessé de me laisser porter par le cours de ma vie ; j'ai préféré la vivre. J'ai refusé de me contenter des satisfactions parcellaires que je grappillais quand elles se présentaient, je leur ai préféré le torrent de l'enthousiasme. Le torrent de l'existence. Au fur et à mesure que j'ouvrais les yeux, je percevais des réalités, parfois des banalités, que j'avais longtemps négligées. Le bon pain de mon boulanger ? Il applique les mêmes techniques que les autres boulangers, mais si son pain est meilleur, n'est-ce pas, aussi, grâce au supplément d'âme qu'apporte son bonheur à le travailler ? Et cet instituteur que l'on dit formidable, il ne dévie pas des programmes de l'académie, mais il y ajoute sa joie d'enseigner, son enthousiasme plutôt qu'un esprit de sacrifice ou un sens du devoir, il cesse d'être moyen et il devient brillant. S'autoriser à vivre le bonheur reste hautement suspect. Or ce n'est pas une faute, c'est la possibilité de réussir : son travail, sa vie et même ses loisirs. Car être heureux n'est pas seulement juste : c'est avant tout la condition et la possibilité de tout accomplissement.

Le bonheur que m'a appris Narcisse n'a rien à voir avec le contentement béat. Il n'a rien à voir avec l'injonction d'être heureux qui nous est assenée à longueur de journée par les médias, par la publicité, par les industriels, par une société tout entière prise par la frénésie de la consommation comme palliatif au bien-être réel, au bonheur réel. Il n'est pas une injonction, il est une invitation.

Je suis heureux certains soirs où je veille tard, assis derrière mon bureau. Je suis alors porté par une jubilation que je n'ai pas honte d'affirmer à ceux qui me regardent, apitoyés : « Le pauvre, il travaille dur… » C'est un bonheur qui n'est ni le laisser-aller ni le refus de l'effort. Au contraire, il est l'accomplissement de ce qui me grandit, m'épanouit, me déploie. Il ne consiste pas, non plus, à être tout le temps heureux, niaisement heureux, à tout prix. Mais à savoir que j'en ai le droit. Et c'est un renversement très profond du regard sur la vie.

Je suis heureux quand je suis qui je suis. Pleinement moi, sans me dissimuler par peur, ni faire semblant par conformisme, pour plaire aux autres. C'est la troisième leçon du narcissisme. Une leçon qui implique un grand discernement et beaucoup d'intelligence pour découvrir vraiment ce que je suis. J'ai personnellement appris à m'écouter simplement, sans jugement, avec juste une fine attention, à travers la méditation – mais ce chemin qui a été mien n'est pas une voie exclusive. J'ai cheminé doucement et, au fur et à mesure que je découvrais qui j'étais, j'apprenais à vivre en adéquation avec ce moi qui cessait de m'apparaître honteux ou terrifiant. Dans la paix. Rien de ce que m'a donné la vie, par la suite, ne serait advenu sans cette écoute préalable.

Nous avons l'énorme privilège de vivre dans une société beaucoup moins conformiste qu'autrefois et nettement plus tolérante qu'un certain nombre de sociétés de notre temps. Elle nous autorise à être singuliers, indépendamment des carcans du groupe, de la classe sociale, de la famille. Le défi consiste, pour chacun d'entre nous, à nous emparer de la liberté qui nous est octroyée, à habiter vraiment notre singularité, ou plutôt nos singularités.

J'ai par exemple, aujourd'hui, le droit d'aller au restaurant avec mon compagnon sans en être chassé ni jeté en prison. C'est une indéniable avancée sociale. Mais il m'a fallu, dans un premier temps, m'écouter et reconnaître mon homosexualité, faire la paix avec elle malgré les moqueries de mes camarades d'école et les préjugés de mes parents, m'autoriser à être qui je suis et, par une démarche narcissique, dépasser cette identité : je n'ai désormais besoin ni de la dissimuler, ni de la brandir en étendard. Elle est, et c'est tout. Je me suis aimé comme je suis – de la même manière que des parents aiment leur enfant comme il est.

L'homosexualité n'est pas mon seul moi. Comme tout le monde, je dispose de ressources, de possibilités, de bourgeons d'élans de vie que je continue de découvrir, d'accepter puis d'arroser pour qu'ils grandissent et s'épanouissent. Des bourgeons multiples, parfois inattendus au regard de l'image sociale que nous nous sommes forgée et dont nous avons imaginé qu'elle est nous. Un ami, cadre supérieur dans la finance, s'est ainsi réconcilié avec ce que la pression sociale de son milieu lui faisait considérer comme un tabou : la poésie. Il écrit des poèmes – qui ne sont peut-être pas forcément intéressants, qu'il ne montre d'ailleurs pas à tout le monde, mais le simple fait de se livrer à cette activité librement, hors de toute contingence, lui a redonné un allant, une envie, un bonheur. Courir, cuisiner, enseigner, étudier, aider : nous avons tous des talents, des possibilités qu'il nous suffit d'arroser pour les voir grandir.

Le psychiatre américain Milton Erickson avait été un jour appelé au chevet d'une femme dépressive qui vivait à l'écart d'un petit bourg, dans une grande maison dont elle ne sortait, depuis des années, que pour se rendre à l'église. La maison était presque à l'abandon. Le seul signe de vie qu'il y avait repéré était une bouture de violette – une fleur complexe à bouturer, nécessitant à la fois du savoir-faire et beaucoup d'attention. En repartant, il avait tendu à sa patiente une étrange prescription, lui demandant de la suivre à la lettre : se procurer dix pots de violettes et dix pots vides. Son traitement consistait à utiliser les pots vides pour des boutures et à les offrir aux paroissiens de son église à l'occasion d'événements : un mariage, une naissance, un baptême, une maladie, une guérison. L'existence de cette femme en a été littéralement bouleversée.

Elle était en effet persuadée d'avoir tout échoué, elle se détestait et estimait que personne ne pouvait l'aimer ni même avoir envie de lui parler. Et de fait, personne ne lui parlait. Le psychiatre aurait pu passer des heures à lui répéter qu'elle était belle, intelligente, à tenter de réveiller son estime d'elle-même selon le modèle de l'expérience californienne : cela n'aurait eu aucun effet, elle serait restée seule dans sa dépression, dans sa détestation de ce qu'elle était.

Le bouturage des violettes, la seule activité où elle prenait un réel plaisir (et donc où elle excellait) n'était, se disait-elle, qu'un passe-temps sans intérêt. En lui donnant du sens, le psychiatre l'a autorisée à prendre ce passe-temps au sérieux. Il en a fait le point d'ancrage de sa renarcissisation. Une bouture après l'autre, cette femme a nourri un élan de vie qu'elle portait en elle. Elle s'est reconnu une capacité, un génie qui lui était propre. Elle s'est, à partir de là, autorisée à être comme elle était.

En retour des pots de fleurs qu'elle offrait, elle recevait des réactions admiratives et une reconnaissance qui lui ont progressivement donné de l'assurance. Elle a osé s'ouvrir aux autres, dans sa singularité. Elle s'est fait des amis, elle s'est découverte, elle s'est aimée et, soulagée, a ainsi réussi à aimer. Tel le Prince avec la Belle au Bois dormant, Milton Erickson l'avait réveillée. La malédiction était levée. À sa mort, bien des années plus tard, elle était devenue une personnalité appréciée de tout le village. La dépression appartenait à son passé.

Narcisse, mon modèle, n'est pas une théorie, il n'est pas un slogan, il n'est ni une méthode ni une recette, il n'a pas de mode d'emploi. Il est une image que nous avons à habiter par une démarche volontaire, une musique qui guérit en remuant quelque chose en nous, en nous poussant à aller plus loin pour identifier ce quelque chose et l'aider à grandir. Il n'est pas un souhait qui aurait pour effet de nous terroriser (« Sois heureux », « Fais-toi des amis », « Détends-toi »), mais une invitation à se faire confiance pour s'engager doucement sur la voie de la transformation. De l'accomplissement.

Chapitre 4

Socrate, Jésus et Lou Andreas-Salomé

« *Tu aimeras ton prochain comme toi-même.* »

Matthieu 22, 39

Je suis génial, vraiment génial. J'ai, tous les jours ou presque, l'occasion de le constater. Je ne vais pas me cacher derrière une fausse pudeur pour le taire. En l'affirmant, je ne commets pas une faute d'orgueil, je ne prends pas non plus le risque de sombrer plus que d'autres dans ce que l'on me dit être les perversions de notre société contemporaine : l'individualisme et l'égotisme que nous aurions érigés en valeurs suprêmes. Chose qui reste d'ailleurs à prouver.

Je sais que, par cette affirmation, je heurte notre morale bien-pensante : elle n'admet pas que l'on se reconnaisse du génie, pas plus que la moindre autre qualité. Or, j'ai quantité de qualités et autant de défauts. Je ne suis ni Einstein ni Martin Luther King, je ne suis pas un être parfait et je n'aspire d'ailleurs pas à le devenir. Mais j'ai du génie.

« Je suis génial » est une phrase qui dérange. Elle suscite la gêne ou la colère. Elle entraîne des débats avec certains de mes interlocuteurs qui me reprochent, avec plus ou moins de virulence, d'aller à l'encontre des enseignements des sages de toutes les époques. De bafouer notre héritage spirituel et philosophique qui nous engagerait, me disent-ils, à nous sacrifier plutôt qu'à nous aimer, à faire don de nous-mêmes aux autres, à Dieu ou à que sais-je encore plutôt que de nous autocongratuler. En somme, en me revendiquant génial, je commettrais une faute morale et, de surcroît, je serais vulgaire et mesquin.

Erreur ! En réalité, la grande invention de la sagesse de l'Occident a été d'accorder à chaque individu le droit de se reconnaître génial, le droit de s'aimer. Des leçons magistrales nous ont été délivrées par nos plus grands sages mais, à la suite d'un énorme malentendu, nous avons détourné leurs enseignements pour les transformer en un savoir sec et aride, abstrait et répétitif. Ils nous ont parlé d'amour, nous leur avons opposé des idées mesquines de sacrifice et de haine de soi. Nous avons dérivé de leurs invitations à nous épanouir en prônant, au contraire, la culpabilité, les mortifications et l'autoharcèlement. Nous les avons trahis.

Cinq siècles avant notre ère, Socrate, le fondateur de la sagesse occidentale, a ouvert la voie au cheminement philosophique, c'est-à-dire existentiel. Penseur majeur, il ne se présentait pourtant pas comme un maître, il ne prétendait pas détenir le savoir à l'image des pédants sophistes de son temps. Il affirmait n'avoir rien à enseigner : il questionnait. Il ne questionnait pas forcément les experts ni les « sachants », mais il alpaguait le quidam sur la place publique. Le pauvre et le riche. Le jeune et le vieux. L'esclave dans *Le Ménon* avec qui il discutait de la vertu. Monsieur Tout-le-monde qui se pensait « ordinaire » mais qu'il poussait à se regarder, comme Narcisse dans la source, à s'interroger pour se reconnaître, pour découvrir le génie en soi.

Nous avons piétiné ce grand philosophe en l'érigeant en figure intellectuelle ; il était l'homme des séismes émotionnels. Ses dialogues, retranscrits par Platon, sont son unique legs. Dans l'un d'eux, il s'adresse à Alcibiade, le jeune homme promis à tous les honneurs – on parlerait aujourd'hui d'un jeune loup aux dents longues. Alcibiade est beau, riche, courtisé, ambitieux. Il commence par regarder avec mépris ce vieillard laid et déguenillé qui ose l'approcher. Alcibiade se croit libre et heureux du fait de ses possessions – son beau corps, sa belle ascendance, ses nombreux esclaves, sa maison. Socrate va le provoquer pour l'aider à rentrer dans sa vraie maison, en lui. Alcibiade croit qu'il s'aime suffisamment. Socrate va l'amener à prendre conscience qu'il n'aime que des choses extérieures à lui, une image que les autres voient et lui envient, un leurre. Mais il ne s'aime pas, lui, pour la simple raison qu'il ne s'est jamais rencontré : il ne sait pas qui il est vraiment, il ne sait pas ce qu'il veut vraiment.

Socrate ne convie pas Alcibiade à scruter son nombril, mais à appliquer concrètement la devise inscrite sur le fronton du temple de Delphes, « Connais-toi toi-même ». Il ne lui demande pas de s'admirer, mais de s'interroger. Donc de se remettre en question afin de pouvoir s'accomplir et être vraiment heureux. Il lui montre que la grande maladie de l'être humain est la négligence envers soi-même. « Il me semble ridicule que, m'ignorant moi-même, je cherche à connaître des choses étrangères », insiste-t-il. Et il amène le jeune homme ambitieux à comprendre, par lui-même, ce qu'il sait déjà : on ne peut pas faire le bien autour de soi, y compris en politique, puisque tel est l'objectif d'Alcibiade, si l'on ne sait pas d'abord ce qui est juste pour soi. Socrate nous invite de manière pressante au narcissisme qui est l'art de se regarder, de comprendre ce que l'on est pour réussir à s'ouvrir à l'autre, à la cité.

Or, au « Que désires-tu » socratique nous continuons d'opposer avec bonne conscience l'idée de sacrifice. L'important n'est plus, pour nous, ce que je veux, mais ce que désire l'autre et ce que je vais lui donner, jusqu'à confondre mon désir avec le sien. Je me place volontairement dans un tunnel obscur, et j'avance aveuglément.

Nous érigeons notre manière d'être, notre aveuglement, en modèle. Redoutable, effrayant modèle qui a abouti à la fabrication d'un Adolf Eichmann, le haut fonctionnaire du Troisième Reich dont le procès s'est déroulé à Jérusalem en 1962.

J'aurais souhaité imaginer l'homme qui avait fignolé jusqu'aux moindres détails de la logistique de l'*Endlosung*, la « solution finale », sous les traits d'un démon sanguinaire animé d'un amour infini pour soi et d'une haine farouche pour les Juifs. Mais, lors de son procès, il est apparu dans sa réalité : un individu minable, une sorte de petit tâcheron habité par une médiocrité abyssale, complètement étranger à lui-même, qui s'était contenté d'obéir aux ordres et ne comprenait toujours pas pourquoi on lui en voulait. Ces ordres-là portaient sur l'assassinat de millions d'êtres humains. Il les aurait exécutés avec la même indifférence s'ils concernaient la fabrication de boîtes de chocolats : l'essentiel, à ses yeux, était de mener à bien la tâche qui lui était confiée, quelle qu'elle soit. Exclusivement identifié à l'image de son uniforme, la souffrance des autres ne le concernait pas. Il ne se trouvait pas intelligent, simplement obéissant. Il ne méprisait pas les Juifs : pour lui, ils n'existaient même pas. Par défaut de narcissisme, Eichmann n'avait aucun rapport humain à rien. Il n'était qu'un robot.

L'invitation socratique est destinée à éviter des Eichmann. À éviter les millions, les milliards de petits robots qui accomplissent chaque jour leur tâche, scrupuleusement et sans jamais se questionner. Qui exécutent les ordres sans s'interroger sur leurs fins, sans se demander s'ils sont justes ou adéquats. Sans narcissisme, c'est-à-dire sans se regarder et en acceptant l'aliénation et la soumission. Des robots, nous, qui, à force d'obéissance aveugle à des ordres réfléchis dans le même aveuglement, n'aboutissent qu'à des blocages et ne peuvent plus rien accomplir de bénéfique. Ni pour soi, ni pour les autres, ni pour la cité.

Avec Socrate, le temps de la philosophie était une connaissance éclairante, une connaissance narcissique qui intégrait chacun, parce que chacun a du génie. Il était une invitation à grandir, à œuvrer pour le bien. Après lui, nous sommes revenus aux grandes réflexions théoriques et à la transmission des références intellectuelles, à l'enseignement désincarné auquel j'ai eu droit sur les bancs de l'université. Cet enseignement-là n'est pas la sagesse. Or, c'est à la sagesse que j'ambitionne de m'abreuver. Socrate n'a pas été la seule victime de notre intellectualisme aveugle. Comme lui, Jésus a été piétiné au fil des siècles par ceux qui se sont exprimés en son nom, des théoriciens aux dogmes asséchants dans lesquels se sont dilués ses enseignements.

À l'école catholique où m'avaient inscrit mes parents, j'ai appris un discours normatif hérité des Pères de l'Église, fondé sur des règles et sur le respect de ces règles. J'ai appris le bien et le mal, une morale qu'il n'était pas question d'interroger mais uniquement d'appliquer, j'ai appris que l'amour de soi retranchait à l'amour de Dieu – comme si l'amour était une part de gâteau : plus j'en prends, moins j'en laisse.

J'avais trente ans quand j'ai lu les Évangiles. Par moi-même, et non en écoutant ce que l'Église m'en disait. J'avais le souvenir d'un Jésus père fouettard, j'ai découvert un individu qui refusait la morale et la norme quand elles lui étaient imposées. J'imaginais un homme sévère, se sachant fils de Dieu et délivrant doctement son savoir, j'ai trouvé un personnage enthousiaste, profondément narcissique. Un Jésus qui poussait chacun à se reconnaître digne d'amour, non pas du fait de ses mérites mais par sa seule qualité d'être humain.

Relève la tête et avance, dit-il aux pécheurs, aux prostituées, aux percepteurs d'impôts. Il s'adresse à la Samaritaine qui appartient pourtant à un peuple ennemi, qui est elle-même, selon les critères de son époque, une femme de mauvaise vie, mariée cinq fois et vivant avec un sixième homme qui n'est pas son mari. Elle est honteuse, elle se sent coupable, Jésus lui demande de puiser de l'eau pour lui, mettant ainsi à bas les règles de pureté de son temps. Il lui rend sa dignité, lui signifie qu'elle est aimable telle qu'elle est, sans raison, parce qu'elle le mérite, indépendamment de ses propres mérites et de toute autre considération. Juste parce qu'elle est.

Le message de Jésus n'est pas sujet à controverse : « Tu aimeras ton prochain comme toi-même »

(Matthieu 22, 39), dit-il en reprenant, mot pour mot, ce commandement du Lévitique (18, 32). L'amour du prochain présuppose donc l'amour de soi. La philosophe mystique Simone Weil, juive qui se considérait chrétienne même si elle n'avait jamais été baptisée, grande lectrice et exégète des textes théologiques, avait eu cette phrase sublime en commentant ce verset : « Aimer le prochain plus que soi-même, oublier de se prendre en considération, est une faute contre la raison. » Avec ses élèves de Bourges, à qui elle enseignait la philosophie, elle avait insisté : « L'amour de soi, c'est l'amour naturel. La méconnaissance de l'amour de soi est une folie. »

Par quel maléfice l'amour de soi, prôné par la Bible et les Évangiles, s'est-il retourné en haine de soi ? Quatre siècles après Jésus, saint Augustin, évêque d'Hippone et Père de l'Église, subit l'influence de Plotin qui l'a précédé d'une centaine d'années. Ce dernier, un philosophe mystique gréco-romain, considère la personne humaine, l'individu, comme un obstacle majeur à la quête de la sagesse et avec l'identification à l'Un, le principe à l'origine du monde, nommé Dieu par le judéo-christianisme. Augustin marquera définitivement la théologie chrétienne en dénonçant les âmes qui se « détournent de l'amour du bien supérieur et immuable » pour « se complaire en elles-mêmes et ainsi se glacer et s'enténébrer ». Et il lancera cette prière, restée célèbre : « Mon Dieu, faites-moi connaître ce que je suis, et je n'ai pas besoin d'autre chose pour me couvrir de confusion et de mépris de moi-même. »

À partir de saint Augustin, les théologiens se sont complu à piétiner l'enseignement de Jésus. Une chape de plomb a étouffé son message : s'aimer, être narcissique, est devenu une obscénité, la source de tous les péchés. Au XIIIe siècle, saint Thomas d'Aquin dénonce le « défaut de la vertu d'humilité » ; ne pas être humble est une faute cardinale, une rébellion contre Dieu. Le mot « narcissisme » a lui-même fini par tomber dans l'oubli jusqu'en 1899, quand le psychiatre allemand Paul Nacke l'a repris pour définir une « perversion » dans laquelle l'individu traite son propre corps comme un objet sexuel.

Au début du XXe siècle, c'est une femme qui a osé rebattre les cartes. Née dans l'aristocratie russe, Lou Andreas-Salomé reste célèbre pour la passion qu'elle inspira à Nietzche puis à Rilke et pour sa longue amitié avec Freud – qui la surnomme la « compreneuse par excellence ». Elle est aussi l'auteure d'un magistral essai, *Le Narcissisme comme double direction* (traduit en français sous le titre *L'Amour du narcissisme*). Un livre révolutionnaire, quasi scandaleux, mais passé presque inaperçu, sans doute victime de la misogynie.

S'appuyant sur sa longue fréquentation des milieux artistiques européens, et en particulier sa relation à Rilke, Lou Andreas-Salomé ose avancer que le narcissisme, c'est-à-dire l'amour de soi, est la condition de la paix en soi. Une fois cette paix scellée, on peut rentrer sans crainte au fond de soi et toucher la source de vie qui nous habite et qui est l'humanité en soi. Nul, dit-elle, ne peut se prétendre réellement vivant en se coupant de cette source. Elle est indispensable à l'acte créateur, elle est aussi un préalable à l'ouverture à l'autre, à ce qui est au-delà de moi, au tout. Le narcissisme est ainsi le premier mouvement de ce qu'elle appelle « une réunification fondamentale », autorisant le déploiement de notre génie : « Quand le narcissisme est trop faible, mon jugement est toujours tourné vers le réel, vers ce qui se passe, et je n'ose plus rien faire. Je ne peux être dans aucune vraie gaieté. » Je ne peux pas me dépasser.

Freud a longuement discuté sur ce thème avec Lou Andreas-Salomé. Il emploie, lui, le mot « narcissique » pour qualifier un stade précoce de l'évolution de la libido, l'énergie motrice de tout individu. Pour le père de la psychanalyse, tout enfant passe par un stade narcissique qui lui permet de structurer sa personnalité et sa sexualité, de développer son autonomie et sa confiance en soi. Toutefois, selon Freud, l'individu est normalement appelé à dépasser ce stade pour se tourner vers un objet d'amour extérieur.

Dans la pratique de leurs cabinets, de plus en plus de psychanalystes remettent pourtant en question l'orthodoxie freudienne et utilisent le narcissisme comme un outil thérapeutique avec des personnes en grande souffrance, notamment celles qui sont victimes d'addictions, qui se vivent en échec, abîmées, ratées. Le travail, me confiait l'un d'eux, consiste à amener le patient à se rencontrer, à découvrir, au-delà de l'échec qu'il vit, une personne dotée de ressources, un individu aimable. C'est, ajoutait-il, la seule manière de lever la malédiction.

Le narcissisme guérit. Socrate, Jésus l'avaient compris. Nous avons occulté cette vérité, comme nous l'avons fait de leur message. Nous l'avons détournée. Du narcissisme nous ne voyons qu'un risque de repli sur soi, au détriment de la réalité qui nous entoure. Autrement dit, si je m'aime, je risque de cesser d'aimer les autres. Où l'on retrouve l'absurde théorie de la part du gâteau qui ne peut pas être partagée…

Chapitre 5

Se harceler est un délit

> *« Être nous-mêmes dans un monde qui tente de faire de nous ce que nous ne sommes pas, voilà notre plus grand accomplissement. »*
>
> Ralph Waldo Emerson

J'étais jeune adulte quand j'ai peu à peu compris qu'il était possible d'apprendre à s'aimer. Mais j'ai cru, pendant un temps, qu'il fallait pour cela essayer d'être gentil avec soi. L'affaire me semblait simple : il me suffirait de me répéter par exemple, de temps en temps, que j'étais beau ou intelligent. De m'offrir une pause un petit peu plus longue que d'habitude, une séance de cinéma pour me détendre. De me soucier de mon « bien-être », mot-valise qui englobe aussi bien les escapades au soleil que le marché des spa et qui est devenu l'un des moteurs économiques de notre siècle. Et, après cette récompense, de reprendre le cours de ma vie à l'identique.

Mais ça ne marchait pas. Je ne me trouvais toujours pas beau ni intelligent. J'étais tout disposé à m'aimer mais j'étais incapable de ressentir cet amour. Je continuais d'avancer sur un terrain miné : je ne cessais pas de me harceler, je me méprisais. J'avais intellectuellement assimilé l'impératif de m'aimer, mais je n'avais pas compris l'énorme malentendu que comporte cette invitation quand nous la transformons en injonction stérile.

J'en ai pris conscience beaucoup plus tard, un jour où je courais tête nue sous la pluie, en me traitant d'idiot : la météo avait annoncé des orages, mais j'avais oublié mon parapluie. Je suis arrivé au bureau trempé – et laminé d'injures. Par jeu, je me suis amusé à compter le nombre de fois où je me suis pris, ce jour-là, en flagrant délit de harcèlement. Il m'a bien fallu reconnaître que j'étais franchement acariâtre à l'égard de ma personne. Une attitude qui m'aurait scandalisé s'il s'agissait de quelqu'un d'autre, mais qui, envers moi-même, me semblait dans l'ordre des choses.

Se rendre compte de la manière dont nous nous traitons est une étape indispensable. Or je ne laissais rien m'échapper. Je n'avais pas enregistré mes corrections sur l'ordinateur avant de l'éteindre, le travail était perdu : je suis un nul, un incapable – à mon collègue de bureau, j'aurais commencé par dire que j'étais désolé pour lui et qu'il y avait peut-être un moyen de récupérer ce travail. J'avais oublié d'acheter une salade pour le dîner, je m'en voulais de ne pas y avoir pensé et je ressassais : je suis un imbécile, un tête-en-l'air – cet oubli aurait été le fait de mon conjoint, je lui aurais dit et, c'est vrai, que l'oubli de la salade n'était pas si grave, d'autant qu'il restait des tomates dans le réfrigérateur. J'étais épuisé après une grosse journée de travail : je suis un paresseux, et au lieu de me vautrer dans mon canapé, je ferais mieux de laver le linge ou de ranger ma chambre.

Je me regarde avec le recul. J'étais, envers moi-même, à l'image de ces couples où le mari (ou la femme) répète à l'autre, en toute bonne conscience : « Oui je t'aime », mais déverse un déluge de critiques implacables : il n'y a plus de café (donc c'est ta faute), les enfants se sont mal comportés (parce que tu les as mal éduqués), tu t'es mal tenu(e) hier chez nos amis, tu aurais pu avoir cette promotion si tu avais consenti un minimum d'efforts, tu es mal habillé(e) et les autres sont élégants, je n'ai pas tiré le gros lot avec toi.

J'étais le procureur qui, dans les tribunaux des dictatures staliniennes, en URSS hier, en Corée du Nord aujourd'hui, a pour fonction de contraindre l'accusé à reconnaître publiquement ses erreurs et à s'autoflageller sans lui accorder la moindre circonstance atténuante. Tous les délits, même les délits fictifs, sont mis sur le même pied : ce sont des crimes.

Je me terrorisais, persuadé que les coups de pied ou de cravache étaient le seul moyen de m'améliorer. Je ne m'améliorais évidemment pas. Les pédagogues savent aujourd'hui que la peur et les humiliations sont contre-productives : un enfant placé dans cette situation ne progresse pas ; au contraire, il répète ses erreurs, voire les multiplie à l'envi. Le harcèlement, quand il se répète et se prolonge dans le temps, peut même produire des troubles non seulement émotionnels mais aussi cognitifs : mis en état d'infériorité, abîmé, l'individu réagit de manière confuse, au détriment des tâches qu'il accomplit. Or, c'est exactement ce processus qui se met à l'œuvre quand nous nous autoharcelons. C'est-à-dire quand nous faisons usage de cruauté envers nous-mêmes. Mais nous refusons d'en voir les conséquences.

Nous sommes nos propres procureurs staliniens. C'est vrai, je commets des erreurs. Est-ce une raison pour m'agresser aussi brutalement, comme je n'oserais le faire à l'égard d'une tierce personne ? Je me suis mis en colère, j'ai été désagréable. Je peux le regretter, m'excuser, réparer mon erreur du mieux possible, je dois d'ailleurs le faire, parce qu'un tel comportement a été indigne de moi, mais ai-je besoin de ressasser, de ruminer, de me dévaloriser et de toujours me considérer comme nul ? Non seulement ce comportement m'empêche d'avancer, mais, même, il m'enfonce.

Nous ne nous en voulons pas seulement de ce que nous faisons, mais aussi, plus globalement, de ce que nous sommes. Nous ne voyons pas nos atouts, nous laissons nos défauts les occulter. L'un de mes amis, qui avait fréquenté des sites de rencontre à la recherche d'une âme sœur, m'avait fait part de son effroi : au premier rendez-vous, ses interlocutrices commençaient par lui affirmer qu'elles ne correspondaient certainement pas à ce qu'il escomptait, elles se justifiaient d'être seules à quarante-cinq ou cinquante ans, signe pour elles d'un échec personnel, exprimaient leur conviction d'avoir raté quelque chose et s'en voulaient au fond d'être ce qu'elles étaient : pas assez jolies, ni assez minces, ni assez brillantes – du moins à leurs propres yeux. Elles regrettaient d'avoir dû s'inscrire sur un site pour sortir de leur solitude et, plutôt que de faire confiance à la vie, à ce premier rendez-vous, elles étaient d'emblée convaincues qu'elles n'étaient pas assez aimables et qu'elles ne sauraient, donc, être aimées. Rester seules était, en quelque sorte, pour elles, mérité. Sincèrement, penseraient-elles de même pour une amie qui serait dans une situation identique ? Le rendez-vous, lui, était fatalement voué à l'échec.

La terreur que nous nous infligeons nous rend, de surcroît, injustes. Envers nous-mêmes quand, en bons procureurs staliniens, nous nous attribuons quantité d'erreurs et de défauts, certainement bien plus que nous n'en avons réellement, et commençons à nous taper sur les doigts. Envers les autres quand, dans une dérisoire tentative d'échapper à l'autoflagellation, nous avons un réflexe enfantin et essayons de nous défausser : « Ce n'est pas ma faute, c'est celle de l'autre. » Nous nous débattons entre le vrai et le faux, l'essentiel et le secondaire. L'autoharcèlement nous aveugle.

À force de nous dévaloriser et de nous maltraiter, nous acceptons d'être dévalorisés et maltraités par tout le monde : combien, parmi nous, restent convaincus qu'ils ne valent pas grand-chose, ne sont pas dignes d'être aimés, incapables d'être performants, et ne méritent donc pas meilleur destin ? Combien renoncent ainsi à être heureux, à aimer, à être aimés ? Je suis seul ou enchaîné à un conjoint toxique, je suis au chômage : je ne suis pas à la hauteur, c'est bien fait pour moi. Par manque de confiance en nous, en nos capacités, en la vie, nous n'osons plus dire non.

Se harceler est une habitude, un geste machinal que l'on effectue sans même s'en rendre compte. Jusqu'à la folie ! Que l'on nous impose, aussi. L'un de mes amis, qui travaille dans le domaine du marketing, se voyait chaque année confier des objectifs. Certes toujours plus élevés d'une année sur l'autre, mais qu'il parvenait à atteindre malgré la difficulté. Il en éprouvait alors un grand contentement, puisqu'il avait réussi quelque chose. Puis l'entreprise où il travaille a cessé de lui fixer des objectifs : il n'a plus eu de plafond, de limites au rendement. Il n'a plus eu de limites au harcèlement qu'il s'imposait pour en faire toujours plus, sans fin, sans la satisfaction de la tâche accomplie.

Le « toujours plus » que nous avons tendance à nous imposer l'a amené à répondre à toutes les sollicitations qui lui parvenaient en même temps. Il avait cessé de hiérarchiser les urgences et avançait tête baissée, consultant ses mails et son téléphone jusqu'à l'heure de se coucher. Tous les jours, tous les week-ends, même en vacances. Il craignait, en lâchant prise de temps en temps, de verser dans la médiocrité. Au fond de lui, il se voyait nul et avait toujours besoin de se prouver qu'il avait quelques capacités. Il était loin d'être médiocre, mais il se vivait médiocre. Et se donnait en permanence des coups de cravache.

Il est loin d'être un cas unique ! Nous sommes en guerre permanente contre nous-mêmes, nous nous exploitons et culpabilisons quand nous osons lever le pied. Nous avons intégré l'idée que nous pouvons toujours faire mieux, nous sacrifier davantage, jusqu'au burn-out, maladie de l'hyper-performance de personnes souvent brillantes, qui veulent donner le meilleur d'elles-mêmes, répondre à toutes les attentes, y compris, voire surtout, à leurs propres attentes, jusqu'à sacrifier leur être même. Nous nous autoexploitons et restons persuadés de n'être jamais assez performants, trop fragiles, incapables de relever les défis. Les pressions extérieures confortent celles que nous nous infligeons. Quels que soient les résultats auxquels nous parvenons, nous restons persuadés que nous n'en faisons jamais assez.

Mon ami a été sauvé par un médecin qu'il consultait pour des maux de dos et qui a diagnostiqué son vrai mal, infiniment plus grave : le burn-out. Faut-il rappeler que des dizaines de milliers de personnes meurent chaque année, dans notre pays, des conséquences de ce qu'il ne faut plus hésiter à appeler une maladie ? Il lui a fallu des mois pour remonter tout doucement la pente. Pour cesser de se considérer comme une machine à produire.

Un spécialiste du sommeil lui a réappris à dormir, lui qui, même la nuit, restait en état d'hypervigilance : il ne dormait jamais vraiment. Je l'ai accompagné pour l'aider à s'aimer. Il craignait que je ne lui enseigne l'autocomplaisance, je lui ai uniquement parlé de justice. Le premier travail a consisté à désamorcer les mines qu'il posait sur son chemin, insidieusement et sans s'en rendre compte. À repérer, au quotidien, ses mille façons de se maltraiter, ses mille manières de se rabaisser. Il a ainsi appris à se regarder, à s'écouter. Donc à devenir narcissique. Il s'est autorisé à se découvrir des qualités – celles-là mêmes que les autres lui reconnaissaient mais auxquelles il était aveugle, qu'il refusait de reconnaître. Il a admis qu'il n'était pas si médiocre, il a commencé à se faire confiance, à s'aimer comme on aimerait son enfant.

Au bout de quelques semaines, il a repris son travail. Il est resté exigeant envers lui-même, mais il a arrêté de se taper sur les doigts en permanence, comme dans les écoles d'autrefois. Il n'a pas travaillé moins, mais mieux – donc moins longtemps. Il n'a plus fermé les yeux sur les erreurs qu'il pouvait parfois commettre : il n'avait plus besoin de se protéger de lui-même. Quand j'ai de l'affection pour moi, je peux admettre ma faute sans cesser, pour autant, de m'aimer. Je me dois d'ailleurs de le faire : en commettant cette faute, je n'ai pas été à la hauteur de la personne formidable que je suis. Je ne m'excuse pas d'être un incapable, je m'excuse de n'avoir pas agi à la mesure de ce que je suis. Je m'excuse auprès des autres, mais je dois, de la même manière, m'excuser auprès de moi-même quand je me suis manqué de respect.

Mon ami est sorti des automatismes qui étaient devenus son mode de fonctionnement et qui le coupaient de ses propres ressources, de son génie. Il a cessé de courir derrière une image idéale qui n'existe pas dans la vraie vie, et il s'est autorisé à être lui-même. Avec ses exigences, avec ses envies, y compris l'envie d'excellence. Il a fait confiance à la source de vie que nous avons en nous, en dépit de nos imperfections. Ou grâce à nos imperfections. Récemment, il m'a dit, en ne plaisantant qu'à moitié, qu'il réussissait chaque jour à s'épater.

Je n'en reviens pas quand j'entends nos experts répéter que notre temps est celui du sujet-roi, individualiste et narcissique, d'abord soucieux de son bien-être. Ces sujets-rois, je ne les vois pas. Je ne vois que des clones de mon ami, pris dans la spirale du mal-être, souffrant et n'osant pas avouer leur souffrance qu'ils perçoivent comme une faiblesse de plus. Des personnes qui peuvent se prétendre respectables mais ne savent pas se respecter elles-mêmes. Je ne vois pas de sujets-rois, je vois des martyrs d'abord victimes d'eux-mêmes. Incapables de s'arrêter, de s'écouter, d'entrer en rapport à soi, de s'aimer. De dire non.

Chapitre 6

Se pardonner d'être imparfait

« *L'amour de soi est le seul amour.* »

Simone Weil

Je vis, depuis des années, avec un homme qui est loin d'être parfait. Lui-même se reproche sa grande maladresse sociale qui, pense-t-il, l'a empêché de se déployer, de réaliser toutes ses possibilités. Mais si on lui ôtait cette maladresse, on lui ôterait en même temps son incroyable douceur, une douceur qui rassure et qui, dans les faits, lui a permis d'inventer son métier. Je connais ses défauts, je connais aussi ses qualités. Ce sont les deux faces d'une même médaille : lui. Et j'aime cette médaille telle qu'elle est, à cause de ce qu'elle est. Avec ses deux faces qui forment une unité.

Ma grand-mère connaissait parfaitement mes défauts. Elle savait que j'étais mauvais élève, un peu étrange, parfois maladroit, souvent solitaire, incapable de courir et de jouer avec les autres enfants. Elle savait aussi que j'étais déçu de me voir aussi incompétent, énervé quand mes émotions revenaient en boucle et que je ne parvenais pas à les surmonter. Mais elle voyait en moi le poète et l'artiste, le garçon attentionné et curieux de tout. Elle m'aimait tel que j'étais, avec mes singularités, c'est-à-dire mes défauts et mes qualités, les deux faces de ma personnalité. Elle ne me prenait pas pour plus que ce que j'étais, elle ne m'idéalisait pas, mais elle avait sur moi un regard de bienveillance qui me disait : « Tu peux y arriver, fais-toi confiance. » Un regard qui me soulageait et dont le souvenir continue, plusieurs années après sa disparition, à me rassurer, à me conforter.

Ma grand-mère n'était pas parfaite, loin de là. Écorchée vive par la Shoah, elle n'a jamais surmonté la perte de toute sa famille, raflée et envoyée dans les camps du Reich. Elle n'en parlait jamais, mais elle ne parvenait pas à se détacher de ce passé. Qu'importe si elle était différente : je l'aimais pleinement, profondément, telle qu'elle était, et elle fut pour moi la meilleure des grands-mères. Même si certains de ses travers m'agaçaient, pour rien au monde je ne l'aurais échangée ! Pour autant, elle ne se pardonnait pas ses imperfections. De la même manière que je ne me pardonnais pas ma maladresse et que mon compagnon continue de porter le poids de sa difficulté à se relier aux autres et de s'en excuser.

Nous aimons les autres pour ce qu'ils sont, comme ils sont. Par contre, notre jugement sur nous-même est implacable : nous ne parvenons pas à nous aimer comme nous sommes, pour ce que nous sommes. Un test très simple est celui de la photo : comment se fait-il que tous les autres soient forcément radieux et formidables, sauf moi qui ai une sale tête ? Nous restons rongés par la culpabilité de ne pas être à la hauteur de ce que nous croyons devoir être.

L'un de nos sports favoris consiste à nous comparer : « Elle est plus intelligente », « Il a plus de chance »… Nous ne nous comparons pas seulement aux autres, ceux que nous côtoyons au quotidien, mais surtout à des modèles. Je ne veux pas seulement être comme les autres hommes ou les autres femmes à la piscine ou au travail, je veux ressembler au mannequin sur papier glacé, même si je sais que la photo est largement retouchée. Mon couple ? Je le rêve à l'image de la perfection que me renvoient les romans, les films, les magazines. Ils m'ont par ailleurs appris qu'un parent idéal est toujours détendu et qu'il raconte chaque soir une histoire à ses enfants, au moment de les mettre au lit. Or, je ne suis pas toujours détendu, et je n'ai pas tous les soirs la disponibilité ni l'envie de raconter un conte de fées. Je ne suis pas un parent « idéal » : cela signifie-t-il que je suis un mauvais parent ?

Nous avons beau nous harceler et nous maltraiter, nous ne correspondons pas à l'image de la réussite, de la beauté, du bonheur que nous renvoient en permanence des modèles virtuels, soutenus par les « conseils » de psychologues et autres experts qui se sont donné pour mission de nous guider sur la voie de leur « normalité ». Oui, j'ai eu un accès de colère là où l'on nous recommande de sourire avec détachement et j'ai fondu en larmes quand on me l'a reproché. Non, je n'ai pas réussi à « préparer en dix minutes » un apéro pour quinze personnes. Et je n'ai pas le courage de courir une demi-heure avant d'aller au bureau. Et je m'en veux.

Plutôt que d'en prendre acte de manière lucide et de nous pardonner, nous nous laissons ronger par le fléau de la culpabilité. Nous sommes en permanence

« désolés ». Désolés de n'avoir pas répondu à un mail dans l'heure, désolés de n'avoir pas organisé un dîner à la hauteur de ce que l'on avait envisagé, désolés de trop travailler et de n'avoir pas eu le temps de passer un coup de fil à un ami. Nous nous inventons des péchés, comme s'il n'y en avait pas assez, en estimant n'avoir pas pleinement accompli notre devoir, n'avoir pas été jusqu'au bout du sacrifice : nous sommes désolés parce qu'au restaurant où l'on a invité son collègue le poisson du jour a été retiré du menu. Nous demandons pardon et attendons des autres qu'ils nous pardonnent – y compris les fautes que nous n'avons pas commises. Nous sommes coupables de tout.

Je reste moi-même souvent désolé vis-à-vis de mon compagnon, désolé de ne pas être aussi présent que je le voudrais, désolé de ne pas en faire assez, désolé de ne pas m'octroyer de longues vacances et de devoir travailler certains dimanches. Je sais, au fond de moi, que je pourrais aussi bien arrêter de vivre pour rester à ses côtés, je considérerais toujours que ce n'est pas assez. Et je serais désolé. Je m'en suis déjà ouvert à lui, il en a ri : il estimait que j'en faisais déjà largement assez et ne comprenait pas le sens de mon pardon. De quoi voulais-je me faire pardonner ?

J'ai, de la même manière, longtemps été désolé de mon passé de prof de philo dans un lycée. Je m'étais convaincu de la médiocrité de mon enseignement : je me laissais intimider par certains élèves qui avaient à peu près mon âge, et je terminais le cours certain que j'avais omis la moitié de ce que je voulais enseigner. J'ai mariné une bonne dizaine d'années dans mes regrets. Jusqu'à ce que mon chemin croise celui d'anciens élèves qui m'ont remercié. Ils avaient oublié mes démonstrations sur la pensée de Platon ou celle de Kant, mais ils se souvenaient de l'intensité avec laquelle je leur parlais, de mon engagement quand je les interpellais sur leur propre existence. Je ne le savais pas, mais certains parmi eux avaient, à la suite de leur année de philo au lycée, choisi de poursuivre leurs études dans cette voie.

Je suis de ceux qui culpabilisent en ressassant, en regrettant. D'autres expriment leur culpabilité sur un autre mode : celui de l'agression. Certains sont perpétuellement en guerre, toujours sur la défensive, en permanence sur le point d'exploser. En larmes ou en colère. « Ils ne sont pas à prendre avec des pincettes. » En réalité, ce n'est pas à leur interlocuteur qu'ils en veulent, mais à eux-mêmes. En toutes circonstances, ils se sentent, sans se l'avouer, profondément coupables d'être imparfaits, moins bons que tous les autres, bardés de défauts, incomplets. Ils se recroquevillent dans le vain espoir de se protéger, attaquent avant d'être attaqués, avant que soient « démasquées » leurs propres erreurs, leurs propres imperfections. Dans la vaine illusion d'obtenir des autres ce qu'ils sont incapables de s'offrir à eux-mêmes : le pardon.

Je voudrais commencer par lever un énorme malentendu, intrinsèque à la notion de pardon. Pardonner n'est pas effacer. Ce n'est pas, non plus, nier. Quand, au sortir de l'apartheid, l'Afrique du Sud avait mis en place la commission Vérité et Réconciliation, son objectif n'était pas d'oublier le passé, il n'était pas non plus de le justifier ni même d'essayer de le comprendre, puisqu'il n'y avait rien à comprendre. C'était un objectif beaucoup plus profond, beaucoup plus vital pour les survivants des deux camps : prendre conscience des erreurs du passé et les reconnaître pour les surmonter et pouvoir tourner la page – ce qui, une fois de plus, ne signifie aucunement l'arracher. C'était la condition pour que le pays tout entier cesse de vivre dans la peur.

Quand je me pardonne mes erreurs ou mes imperfections, je ne m'en dédouane pas, je ne les nie pas, au contraire. Je n'essaye pas non plus de me convaincre que « ce n'est pas grave », ni que j'ai fait de mon mieux et que je n'ai rien à me reprocher : on le sait tous d'expérience, ces tentatives-là sont vaines et n'aboutissent qu'à nous faire ployer encore plus sous le poids de la culpabilité d'avoir « échoué ».

Un de mes neveux ne s'est jamais pardonné d'avoir un jour trompé sa femme. Elle-même ne le lui a d'ailleurs jamais pardonné. Leur couple est devenu un abcès mortifère, perdu dans les méandres de la culpabilité et du ressentiment. Chacun reproche à l'autre l'image qu'il lui renvoie de lui-même, une image de plus en plus noire et lourde à porter. Mon neveu s'en veut sincèrement d'avoir failli, mais il se contente de s'en vouloir et du coup tourne en rond autour de sa culpabilité. Il reste dans la mortification, vit dans cette erreur, se noie à la ressasser : je suis nul, je n'aurais jamais dû céder à la tentation d'un soir, et si ma femme me torture, si ma vie est un enfer, je l'ai bien mérité. Ce scénario dure depuis des années.

Il a demandé pardon à sa femme, mais il ne s'est pas pardonné. Se pardonner n'est pas une démarche abstraite, elle ne se produit pas dans l'intellect mais dans le tréfonds des émotions, geste d'autant plus difficile qu'il implique une mise à nu : je ne peux pas me pardonner sans toucher ma vulnérabilité, mon imperfection, et avoir le courage de les affronter. Sans accepter de rentrer en rapport avec des blessures que j'aurais préféré ignorer, avec ma réalité qui est très éloignée de celle du modèle auquel j'aspire à ressembler. Je m'en voulais de toutes mes tripes, je dois me pardonner de toutes mes tripes. Me réconcilier avec moi-même, avec ce moi que j'ai peur de regarder de trop près : le moi vaniteux, mesquin, frileux, le moi faillible. Se pardonner n'est pas une affirmation ni une intention, c'est un processus qui me mène à accepter d'être juste un humain, un être fragile, un être perfectible.

Je me suis trouvé mille excuses pour ne pas me rendre au chevet de mon vieil oncle très malade, il est mort sans que je l'aie revu. Je m'en veux terriblement. Certes, « je n'aurais pas dû », mais je l'ai fait. Et je continuerai à m'en vouloir tant que je n'aurai pas compris pourquoi j'ai fui cette visite : parce que j'avais peur, parce que je suis égoïste, parce que de vieilles rancœurs ont pris le dessus sur ma bonne volonté. Se pardonner, c'est avoir la lucidité de se regarder, dans une plongée narcissique en soi.

S'autoriser à se pardonner ne permettra évidemment pas de remonter le temps : l'erreur a été commise. Mais, plutôt que de m'enliser dans les regrets, je vais en tirer les leçons et, à partir de là, grandir plutôt que me nécroser. Me reconstruire plutôt qu'être empoisonné par le passé. Prendre la mesure de cette erreur et m'engager à me transformer. Passer à une autre étape. M'apaiser pour avancer.

Je me pardonne mais je ne serai jamais parfait : mes imperfections sont, aussi, le signe de mon humanité. Mais je vais me libérer du poids de la culpabilité. Cesser de me ronger inutilement, de vivre dans la terreur de la faute et les « j'aurais dû » du regret. Je vais m'autoriser à être ce que je suis, avec mes défauts et mes qualités. Je vais m'aimer, comme un parent aime son enfant bien qu'il soit conscient que celui-ci n'est pas parfait. Me pardonner d'être trop humain et, par certains aspects, carrément raté. Je vais me foutre la paix sans être dans la peur permanente de ne plus être aimé. Je vais autoriser le souffle de la vie à revenir en moi et connaître enfin le soulagement d'être qui je suis, de penser ce que je pense, de faire ce que je fais.

Mon projet, quand j'ai commencé à méditer, était de rester moi, mais en mieux. Un moi débarrassé de tout ce qui ne me plaisait pas et dont j'avais dressé la liste : mon impatience et mon côté un peu empoté, mon manque de confiance et mes colères. Je les voyais comme des fautes, je me harcelais dans l'espoir de me rééduquer, rien n'y faisait.

J'étais dans l'insatisfaction de ce moi, dans une amertume qui m'interdisait de m'épanouir. J'accumulais des couches de culpabilité : pour avoir déçu mes parents, pour avoir été ici colérique, là pas assez exigeant. Je m'en voulais pour mes aspérités et, à force de les voir comme un frein, elles devenaient effectivement un frein : je bloquais sur elles et je leur reprochais de me bloquer. J'étais déçu par moi-même.

Tout est longtemps resté bon pour alimenter ma culpabilité : je ne m'impliquais pas autant que je l'aurais souhaité dans l'École occidentale de méditation que j'avais fondée. Je n'avais pas été suffisamment présent auprès d'une amie quand elle avait eu de graves problèmes de santé. J'étais passé, dans mon travail, à côté d'une belle opportunité. J'étais en permanence comme Picasso répondant avec déception à un admirateur qui s'extasiait devant l'un de ses tableaux : « Ah non, si vous aviez vu celui que j'avais en tête, il était beaucoup mieux… » Nous sommes d'ailleurs trop souvent déçus par ce que nous faisons : c'est toujours en dessous de ce que nous « aurions pu » faire, de ce que nous avions idéalisé. Et nous nous en voulons : « Je suis désolé(e)… »

La méditation, qui a été mon chemin vers le narcissisme, n'a rien transformé en moi. Elle a fait bien plus que cela : elle a radicalement transformé le rapport que j'ai avec moi. Je me suis pardonné d'être imparfait, médiocre par bien des aspects, de ne pas être toujours à la hauteur de mes aspirations, de ne pas correspondre à l'idéal abstrait que j'avais intériorisé. Je me suis aimé avec ma médiocrité quand j'ai réalisé qu'elle n'est pas une monstruosité, mais un indice de mon humanité. J'ai cessé de m'empoisonner, de me ronger sans même m'en rendre compte, je me suis fait confiance pour avancer. Je me suis retrouvé et j'ai enfin pu donner.

Je ne suis toujours pas le mari idéal, le fils idéal, l'homme parfait. Je ne corresponds à aucun modèle, je commets des erreurs, mais j'apprends à les regarder avec tendresse. Je les observe sans être paralysé par la peur, sans craindre les conséquences, sans me ronger, je les comprends et je me pardonne.

Et c'est, je l'ai constaté, le seul moyen de ne plus jamais oublier le café…

Chapitre 7

La grenouille et le bœuf

> « *Quand un homme est crispé par son amour-propre, c'est parce qu'il n'est pas encore né, parce qu'il n'a pas rencontré un regard assez pur pour pouvoir aimer son véritable visage.* »
>
> Maurice Zundel

Le mot « narcissisme » a été mis à toutes les sauces, indépendamment de son sens réel – celui qui puise ses racines dans le mythe grec d'origine. L'une des définitions les plus éloignées de ce mythe a été donnée par la bible des psychiatres, le *DSM* (*Diagnostic and Statistical Manual*). Rangé dans la catégorie des troubles de la personnalité, il a pour principal symptôme un sentiment excessif de son importance personnelle, et il se manifeste par le besoin, tout aussi excessif, d'être admiré, induisant une incapacité à voir la réalité en face, telle qu'elle est.

Le modèle le plus abouti du narcissique selon l'entendement du *DSM* pourrait être le président américain Donald Trump. Des psychiatres y ont même vu un motif valable de destitution pour inaptitude à exercer ses fonctions : « Non seulement les autres sont à sa disposition, mais la réalité doit se plier à l'idée qu'il s'en fait. » Jusqu'à la caricature donnée par sa cérémonie d'investiture, en janvier 2017 : là où les photos aériennes ont montré des terrains vides recouverts de bâches blanches en trompe-l'œil, Trump a « vu » une foule d'un million de spectateurs. Et il ne ment pas : prendre acte de la réalité, c'est-à-dire du manque de reconnaissance dont témoigne cette faible affluence, serait pour lui une blessure insupportable, un séisme. Son regard n'a pas porté sur les bâches, mais sur les spectateurs des premiers rangs. Son cerveau les a ensuite démultipliés.

Il en allait presque de sa survie ! Car, contrairement à Narcisse, contrairement à ce que nous croyons, Donald Trump ne s'aime pas ; il est dans une inquiétude constante, dans un doute profond quant à sa propre identité. Il s'est forgé une image extérieure dont il a une vision grandiose, une armure qu'il doit en permanence consolider afin d'éviter de se voir, de se toucher, dont il a viscéralement besoin pour se protéger de son moi qu'il ignore et qui donc l'effraye.

Totalement coupé de lui-même, il ne peut pas se trouver génial – même s'il répète « je suis génial » en un leitmotiv qui est chez lui dépourvu de fondement, dénué de sens. Il ne peut même pas avoir confiance en ce moi qu'il ne connaît pas. Ce qu'il ne peut se donner, il le cherche chez les autres : il est en quête permanente d'approbation, a un besoin infini de reconnaissance. Il est avide de la confirmation de son statut par les foules, du regard porté sur lui par tous ceux qui ne sont pas lui. D'où ses tweets compulsifs, rageurs et diffamants à l'encontre des journalistes, des médias et de quiconque écornerait son armure, instillerait la moindre fêlure dans sa fragile carapace. Jusqu'au plus dérisoire : devenu président de la première puissance mondiale, Donald Trump a pourtant besoin d'exprimer son mépris pour les performances d'Arnold Schwarzenegger qui lui a succédé dans la présentation d'une émission de téléréalité, « The Apprentice ». « Dites-moi que je suis le meilleur », répète-t-il, pathétique.

En réalité, Donald Trump souffre d'une cruelle déficience de narcissisme. Son erreur est celle de la grenouille de la fable qui ne se trouve aucun atout, aucune qualité. Elle « vit un bœuf qui lui sembla de belle taille, elle qui n'était pas grosse en tout comme un œuf, envieuse s'étend et s'enfle et se travaille, pour égaler l'animal en grosseur. Disant : regardez bien, ma sœur, est-ce assez ? Dites-moi, n'y suis-je point encore ? Nenni. M'y voici donc ? Point du tout. M'y voilà ? Vous n'en approchez point. La chétive pécore s'enfla si bien qu'elle creva. »

Trump, comme la grenouille, se méprise et se déteste. Il se veut toujours plus grand, plus riche, plus puissant, plus séduisant. Par miracle, il a réussi à devenir un bœuf, mais l'armure qu'il s'est forgée continue de le dissimuler à lui-même. Il ne sait pas qu'il est désormais bœuf. Il aspire toujours à le devenir. D'où ses bousculades des autres chefs d'État lors des rencontres officielles pour être au premier rang sur la photo : au deuxième rang, la grenouille craint de disparaître, dissimulée par les bœufs.

Trump, la grenouille de la fable, les autres grenouilles que nous croisons au quotidien, ne sont pas des personnages narcissiques, mais vaniteux. Des individus qui ne se sont jamais rencontrés, par crainte de découvrir leurs imperfections. De ce fait, ils n'ont pas rencontré, non plus, leurs qualités. Sans doute sont-ils géniaux, nous le sommes tous. Mais ils ne se sont pas accordé la chance de repérer le génie en eux. Ils attendent que les autres pallient ce manque, leur donnent ce qu'ils n'osent pas aller trouver en eux-mêmes.

Les grenouilles qui aspirent à devenir bœufs agressent avant d'être prises en faute, terrorisent pour éteindre toute critique avant qu'elle soit formulée. Elles ont des colères, elles n'ont pas d'émotions. Elles vivent sur la défensive, incapables d'être en paix, pas plus avec elles-mêmes qu'avec les autres. Elles ne sont qu'une carapace et elles ne se rendent pas compte que celle-ci est habitée. Une armure qui ne peut pas accéder au contentement. Le narcissique se sait riche de ce qu'il est. Le vaniteux se fuit, sort de lui et occupe l'espace, tout l'espace disponible, écrase ceux qui s'y risqueraient et pourrit la vie de ceux qui le côtoient.

La vanité est un mal fort répandu, à des degrés divers. Un mal redoutable qui naît de la rupture avec soi, avec ses propres ressources et son génie. Son premier symptôme, que j'appelle la voie de la grenouille, est une quête inassouvissable de reconnaissance qui pallie l'ignorance : j'ai profondément besoin que l'on me répète que je suis gentil, intelligent, mince, excellent aux fourneaux ou à mon travail. Je ne recherche pas la sincérité du compliment, mais le compliment lui-même. Je flatte pour être flatté. Le narcissique cherche la réponse en lui, et il se fait suffisamment confiance pour ne pas avoir à se poser perpétuellement la question. Le vaniteux la cherche ailleurs, doute, cherche encore, cherche toujours.

J'ai connu un vaniteux suffisamment lucide pour prendre conscience de sa souffrance – même s'il en ignorait la source. Il avait développé une anxiété chronique et s'était laissé prendre dans un consumérisme de méthodes et d'outils auprès de toutes sortes de pseudo-thérapeutes. Les uns lui apprenaient à mieux respirer, d'autres lui prescrivaient des exercices quotidiens qui, à raison de dix ou quinze minutes par séance, étaient supposés lui apporter le soulagement. J'en ai même vu qui modifiaient son régime alimentaire, lui interdisant une fois le gluten et une autre fois le lactose et tous les dérivés du lait. Aucun ne le tenait par la main pour l'aider à accomplir ce geste simple et radical : oser rentrer chez soi, en soi, à la maison.

Son anxiété allait croissant à mesure que ces méthodes se révélaient vaines. Malgré tous les « Tu es formidable », il se sentait de plus en plus médiocre. Il se raccrochait d'autant plus à sa carapace, à sa vanité. Toute son attitude implorait : « Dites-moi que je suis formidable. » Sa quête désespérée d'un secours extérieur était devenue pitoyable quand il a opté pour une énième méthode : la méditation.

Il m'avait contacté pour que je lui délivre une posologie : combien de séances lui faudrait-il chaque semaine, et à partir de quelle semaine pourrait-il attendre des résultats ? Il a été décontenancé, presque vexé quand je lui ai déconseillé la méditation – en tout cas selon l'approche qu'il en avait. J'ai commencé par lui apprendre la bienveillance. Il avait d'abord besoin d'être sécurisé. Comme un enfant dans le noir, il avait peur. Peur de lui-même. Il craignait, en se regardant, de découvrir un monstre. Mais les monstres n'existent que dans les contes. Dans la réalité, il n'y a que des êtres imparfaits, riches aussi bien de leurs qualités que de leurs imperfections. Il avait eu la lucidité de reconnaître sa souffrance, il a pu entamer le chemin.

Trump, lui, est en rupture totale avec lui-même. Il souffre mais ne peut plus entendre sa souffrance. J'ai connu autrefois un clone de Trump. C'était l'un de mes premiers patrons, un homme terriblement vaniteux. J'étais récemment arrivé sur le marché du travail, plein de bonne volonté et, croyant bien faire, j'avais pris l'habitude de le féliciter, de le complimenter, de le conforter. Mais les compliments étaient, pour lui, comme une drogue dure : ils le rassuraient le temps que leur effet se dissipe. Le problème est qu'il se dissipait très vite… J'étais un peu gauche, encore intimidé, je ne lui faisais pas d'ombre. Les plus brillants de mes collègues étaient, eux, massacrés : il était inconsciemment persuadé qu'ils le mettaient en danger. Au bout de quelques mois, j'étais moi-même en danger. Je passais mes jours, parfois mes nuits, à anticiper la manière dont j'allais lui répondre et me comporter avec lui. C'était extrêmement anxiogène.

J'avais fini par comprendre, sans y mettre les mots, que je ne pouvais pas le sauver de lui-même, combler son manque affectif et celui de reconnaissance : il me fallait me protéger. Je me suis donc foutu la paix. Je soignais mon travail, par respect pour moi-même. Je lui ai tenu tête à deux ou trois reprises, en refusant d'intégrer le regard de mépris qu'il portait sur moi – comme sur tous ceux qui travaillaient avec lui. Un *statu quo* s'est instauré : ce que je n'appelais pas encore mon narcissisme m'avait protégé. La vanité de mon patron ne pouvait plus se nourrir de mes faiblesses.

Je ne voudrais pas que l'on confonde la vanité de ces grenouilles avec l'orgueil. La vanité est une ridicule fatuité ; le sentiment d'orgueil, lui, est légitime quand il est bien placé. Comme le narcissisme, il a été conspué par des siècles d'une moralisation aveugle qui nous a interdit de nous aimer et a condamné quiconque tirait fierté du moindre de ses accomplissements. À l'orgueil naturel de l'accomplissement ont été opposés la modestie et l'humilité, le retrait et les regrets. À celui ou celle qui était fier de ses résultats en classe, des légumes particulièrement goûteux de son jardin ou de sa nouvelle coiffure qui lui seyait si bien, il nous semble normal, encore aujourd'hui, de renvoyer un « Peut mieux faire » qui, au lieu de l'encourager à aller encore plus loin, risque dans bien des cas de l'amener à baisser les bras.

La vanité est un aveuglement permanent, lancinant. Elle naît d'une rupture avec son moi, avec la source de vie en soi. Elle est aussi et surtout une forme de lâcheté, de bassesse et de soumission. L'orgueil est le fruit d'un regard lucide porté sur soi : ici, j'ai été brutal, j'ai commis une erreur que je dois réparer. Là, je m'en suis très bien sorti, je me dois de me féliciter. Je n'ai pas besoin que l'on me renvoie une image formidable de moi, je sais que j'ai été formidable et j'ai eu raison de persévérer. Me sachant formidable dans ce que j'ai réalisé, je n'ai pas besoin d'écraser les autres, ni de les mépriser. Je n'attends pas leur regard pour être.

L'orgueil est un acte de confiance, confiance dans ce que je sais avoir à faire, dans ce que je sens. Souvent on accuse d'orgueil ceux qui sont animés d'un allant, d'une force, qui veulent faire des choses, faire bouger les lignes.

Le manque d'orgueil est une carence douloureuse. Trump écrase les autres. La « petite souris » dont on loue l'humilité et la modestie s'écrase elle-même et s'interdit d'exister. Elle rase les murs et se dévalorise. Elle s'excuse d'être et s'autoflagelle. Notre mouvement naturel à son égard est celui de la compassion. Pourtant, elle commet la même faute que le vaniteux et attend elle aussi, même si elle n'ose pas l'exprimer, une reconnaissance qu'elle ne sait pas s'accorder. Une faute majeure à l'égard d'elle-même, une faute aussi envers les autres qui sont instrumentalisés, appelés au secours, harcelés. Ce sont des jeux malheureux, et même parfois d'une incroyable perversité.

J'étais resté très proche de l'une de mes amies d'enfance, « ma sœur de cœur », une femme formidable qui n'avait pas poursuivi ses études et consacrait sa vie à sa famille. Chacune de nos rencontres était pour moi une fête – nous nous parlions vraiment de cœur à cœur. J'ai continué mes études, fait ma thèse en philosophie puis commencé à écrire des livres. Je l'ai vue s'éloigner. Je l'appelais, elle me répondait laconiquement. Je savais qu'entre nous il n'était pas question de jalousie et qu'elle souffrait autant que moi de cet éloignement qu'elle nous avait imposé. Je lui ai, un jour, demandé pourquoi. Sa réponse a été sans détour : « Tu es intelligent, tu écris des livres. Je ne suis plus de ton monde, je ne suis pas à la hauteur, je ne peux rien t'apporter. » Malgré tous mes efforts pour lui expliquer combien je l'aimais, combien son regard plein d'amour sur les choses m'était précieux, indispensable même, elle ne me croyait pas.

Je la savais modeste, trop modeste, je l'ai découverte « petite souris ». J'ai argumenté, je lui ai rappelé notre complicité, je lui ai redit que c'est elle que j'aimais et non pas son statut : elle n'a jamais voulu céder. Son éloignement de ma vie, par excès de modestie, par absence inouïe de narcissisme, reste l'un de mes grands chagrins. Encore aujourd'hui, nos échanges me manquent. Cette femme était formidable, mais elle a cessé de se réjouir de ce qu'elle est, de ce qu'elle possède. Désormais, elle n'ose plus me parler. Cette grenouille-là ne s'était pas voulue bœuf, elle s'est vue fourmi. Elle a perdu le miroir de Narcisse…

Chapitre 8

Ego : le piège d'un mot

« Nous ne faisons pas confiance à notre individualité. C'est l'un de nos problèmes les plus graves. Nous prenons peur dès la moindre rupture avec un mode de pensée conformiste. »

Chögyam Trungpa

Je pratique la méditation depuis presque trente ans, je l'enseigne depuis plus de vingt ans. Il y a dix ans, j'ai fondé l'École occidentale, dédiée à la transmission d'une pratique laïque, simple, dépouillée des constructions qui nous encombrent quand nous commençons à méditer.

L'une d'elles me terrifie par son omniprésence dans nos esprits : « Il faut tuer l'ego. » L'ego est devenu une sorte de vide-poches dans lequel nous déposons tout et n'importe quoi : nos peurs, nos angoisses, nos imperfections, nos irritations, nos erreurs. J'ai un problème ? C'est à cause de mon ego. Je me suis disputé avec un collègue, j'ai été vexé par une blague trop lourde, je n'ai pas été juste, j'ai boudé parce que je n'ai pas pu aller au cinéma ? Mea culpa, c'est encore mon ego. Pour vivre en paix, je dois donc m'en débarrasser.

Tuer cette corruption inhérente à ma personne, qui me rend coupable d'être – et, admettons-le, me décharge aussi de la culpabilité de mes actes.

Trop, beaucoup trop d'apprentis méditants expriment cette demande en s'engageant sur le chemin. Trop, beaucoup trop de pseudo-gourous pointent un doigt accusateur sur les personnes qui les sollicitent : « Vous avez un petit problème avec votre ego. » Trop, beaucoup trop d'ouvrages de spiritualité et de développement personnel nous expliquent, avec force démonstrations, qu'une fois l'ego maîtrisé, nous pourrons avancer paisiblement sur le chemin du bonheur.

Au Moyen Âge, on voyait le diable partout : il était la cause des colères et des maladies, des bêtises et des disputes. Nous en ricanons aujourd'hui, mais nous avons un nouveau diable-valise sur lequel nous nous déchargeons allègrement de nos responsabilités : l'ego. Comme le démon d'hier, nous l'imaginons tapi en chacun, prêt à bondir pour nous posséder si nous ne réussissons pas à le tuer. La notion d'ego nous aveugle, comme l'idée du diable aveuglait nos ancêtres.

Nous souffrons, il est vrai, d'un lourd héritage vieux de quinze siècles. Je reste très amer quand je relis saint Augustin, le Père de l'Église qui, au début du Ve siècle, a fondé l'essentiel de sa notoriété sur la lutte contre le « moi méprisable ». Ses paroles, très dures, ont modelé notre civilisation. Son célèbre « L'homme n'est que chair, sang et orgueilleuse pourriture » fut, tout au long de l'histoire de l'Occident, repris en chœur sous des formes cruelles. À la fin du XIVe siècle, un texte majeur de la piété occidentale, *L'Imitation de Jésus-Christ*, affirmait ainsi, de manière catégorique : « Qui se connaît bien se méprise. »

Une grande partie des Lumières, de Hobbes à Voltaire, abondera dans ce sens en y apportant des justifications non plus théologiques mais philosophiques. La modernité se fonde sur l'idée que l'homme est définitivement mauvais, indigne. Il n'a d'autre choix que de se torturer, se mortifier, renoncer à son propre jugement et à sa propre liberté, se vaincre. Ce sera la justification du « despotisme éclairé », fait du souverain et de quelques conseillers au détriment de la démocratie, et de la légitimation de l'injustice. Les voix discordantes sont ridiculisées. Je pense en particulier à Rousseau qui naît à lui-même quand il est confronté à une question de l'université de Dijon : « Pourquoi les hommes sont-ils inégaux ? » Ses pairs attendent de lui la seule réponse alors admise : « À cause du péché originel. » Il va lui préférer un long développement dans lequel il légitime l'amour de soi. Il cessera, dès lors, d'être considéré comme un philosophe majeur pour être cantonné au rôle sympathique d'écrivain et de pédagogue.

La découverte du bouddhisme par l'Occident s'est faite à travers le prisme de cet héritage. Nous en avons gardé le pire : le mot ego qui, effectivement, existe dans les textes, mais nous l'avons détourné de son sens pour l'accommoder à notre sauce. L'ego bouddhiste désigne une construction à partir de cinq agrégats : la forme, la sensation, la perception, la volition et la conscience. Une construction illusoire, éphémère, appelée en permanence à se dissoudre puisque je suis toujours autre, mouvant, changeant, insaisissable. L'ego n'a pas de réalité. L'ériger en source de tous nos malheurs et mobiliser nos énergies dans la curieuse intention de le tuer est plus que malsain : absurde. Imaginer que l'on réussira, au terme de je ne sais quelle ascèse, à le détruire pour devenir parfait est, à mon sens, le sommet de la vanité.

Je me souviens de l'époque, heureusement lointaine, où l'ego me servait de vaste décharge. Je lui attribuais mes maladresses, mes mesquineries, mon égoïsme et mes blessures, je lui en voulais de toujours prendre le dessus, je me sentais coupable d'abriter ce monstre en moi, d'être incapable de le dompter et d'accéder à ce que je considérais être l'image idéale du parfait pratiquant : celui qui aurait surmonté et dépassé son ego. Dans cette perspective, il n'était évidemment pas question de m'aimer, ni de me trouver la moindre qualité – elle aurait été un carburant à l'amour honni de soi. Le mot ego était le symptôme d'un problème majeur : la haine que je continuais de me porter.

Je me suis progressivement libéré de ce piège, non par un grand saut dans le vide, mais en m'imposant un exercice qui, au fond, n'est pas très compliqué : j'ai adopté une plus grande précision dans mon vocabulaire. J'en ai banni l'ego, cette entité insaisissable et effroyable aux contours tellement flous qu'elle ne signifie plus rien. J'ai utilisé des mots plus simples, des mots « normaux », plus proches de la réalité.

À la place d'ego surdimensionnés, j'ai vu et désigné l'égoïsme, la vanité, la jalousie, l'extrême émotivité, les erreurs. À la place d'ego blessés, j'ai touché des peines et des chagrins. La notion d'ego incluait une condamnation globale de l'image de moi ou de l'autre, une image qui était rendue fixe, statique, cruelle. Une illusion qui m'empêchait d'accéder à la réalité de ce que je suis, de ce qu'est l'autre. Une tromperie dans laquelle j'étais, moi aussi, englué. Au-delà du mot, je me débattais avec les fausses conceptions que l'on m'avait implicitement enseignées.

Soyons lucides – et objectifs. Je ne suis pas entièrement colère, je ne suis pas entièrement jalousie ou susceptibilité, je peux avoir des colères, être jaloux ou susceptible. En désignant mes faiblesses, je les identifie, je les cerne. En travaillant directement sur elles plutôt que sur une monstrueuse entité bien dissimulée que nous nommons ego, en me distinguant de cette entité, je reconnais avoir en moi des ressources pour agir, pour réussir. Je ne vais pas tuer ma colère ou ma jalousie (quelle absurdité !), je vais les reconnaître, les désigner, les observer. Mon rapport avec elles en sera immédiatement plus apaisé. Mon travail sur elles, plus efficace. Mon ego n'est pas blessé : j'ai été blessé par telle parole et, en me regardant comme Narcisse, je vais identifier la raison pour laquelle cette parole m'a blessé et m'a amené à réagir de manière inconsidérée.

Notre vocabulaire nous empoisonne. Nous utilisons trop de concepts creux, vides de sens, des pièges que nous avons hypertrophiés et érigés en réalité : l'ego, l'estime de soi, le lâcher-prise. Ils sont une forme de renoncement, une paresse intellectuelle et émotionnelle qui nous interdit d'avancer. Quelle est cette prise que je dois lâcher ? Désignons-la ! S'agit-il de mon impatience, de ma propension à trop en faire, à aller trop vite, à oublier les autres pour me centrer sur moi ? En la désignant, en la nommant, je peux commencer à travailler. Et ce soi que l'on me demande d'estimer, qui est-il ? S'agit-il de ma générosité, de mon envie d'aider, de mon intelligence, de mon objectivité ? Je peux estimer ce qui est effectivement estimable en moi, et cela m'aidera à m'aimer.

La vacuité de ces concepts-valises a été testée par des psychologues américains auprès de deux groupes d'enfants. À l'issue d'un test simple, réussi par tous, les enfants du premier groupe se sont vu gratifier d'un « Tu es très intelligent » et les seconds d'un « Tu as extrêmement bien travaillé, tu as réussi le test ». Un autre test, difficile celui-là, leur a ensuite été proposé. Dans le premier groupe, la peur dominait : les enfants ne se sentaient pas à la hauteur de l'intelligence, vaste concept, qui était attendue d'eux et beaucoup, découragés, avaient abandonné, parfois en larmes. Dans le deuxième groupe, les enfants ont persévéré : on n'attendait pas d'eux d'être abstraitement « intelligents » mais, très concrètement, de « bien travailler » pour réussir. Et ils ont réussi : leur contentement était narcissique.

Non, je ne suis pas d'emblée formidable : j'ai des possibles en moi qui sont formidables. En m'agrippant à eux, je vais escalader la montagne et me découvrir formidable. Non, je n'ai pas un ego qui me rend colérique : il y a des situations auxquelles je réagis par la colère et, en travaillant sur elles, sur ma colère, je vais parvenir, sinon à la dépasser, du moins à la comprendre. Je ne m'aime pas entièrement, je ne me trouve pas entièrement génial. Mais j'ai identifié des aspects en moi que j'aime, je me suis découvert du génie, j'ai pu accéder à une forme de bonheur et de confiance, continuer d'avancer dans ma vie. Je suis génial !

Cessons de nous défausser sur des concepts. Mon ego ne me manipule pas et il n'agit pas à travers moi : il n'existe pas. Me regarder, me reconnaître, m'aimer, me découvrir, me faire confiance, ne peut pas, comme je l'entends encore trop souvent, être un obstacle à la paix et au bonheur que je recherche en moi. Au contraire !

Le narcissisme, c'est avoir envers soi la bonté que m'avait manifestée ma grand-mère quand j'apprenais à monter à bicyclette – un apprentissage qui m'avait demandé du temps et des efforts. Certains adultes me grondaient et me harcelaient ; ils me terrorisaient et me paralysaient. Ce jour-là, elle m'avait lancé, de loin : « Vas-y, tu peux y arriver ! » Je m'étais élancé, et j'y étais arrivé. J'avais touché la paix.

Le sens le plus profond d'aimer est ainsi résumé par Aristote : « Tu m'es cher. » C'est tellement simple de vivre la paix…

Chapitre 9

S'AIMER, C'EST SE DIRE ENTIÈREMENT OUI

> « *Plongeant, je m'étais rejoint, je crois, en mon fond, et coïncidais avec moi, non plus observateur-voyeur, mais moi revenu à moi.* »
>
> Henri Michaux

J'aime ma meilleure amie (ou mon compagnon, ou mes enfants, ou mon voisin, ou ma collègue de bureau). Je ne l'aime pas seulement quand elle est en pleine forme, joyeuse et bien habillée : je l'aime comme elle est. Mon amour pour elle n'est pas aveugle – sinon il cesse d'être amour pour devenir nécrose. Je connais ses qualités, je connais aussi ses défauts, je la moque pour certains, je la préviens contre d'autres, je lui parle de ses bêtises, de ses erreurs, je la pousse à les réparer sans pour autant l'insulter ni la traîner dans la boue, mais ils sont loin de représenter l'essentiel de nos conversations. Je suis content qu'elle soit. Juste qu'elle soit. Son être est bon pour moi, je lui dis oui, entièrement oui, avec ses qualités et ses défauts.

Comme je dis oui à mon compagnon, à mes enfants, à mon voisin, à ma collègue.

Je sais que je les aime parce qu'il y a des moments où, quand je suis avec eux, quand je pense à eux, je ressens profondément ce sentiment. Il ne se mesure pas à son intensité émotionnelle, mon cœur ne bat pas la chamade quand je les vois, je n'éprouve pas une passion pour eux, mais bien plus que cela : un amour durable qui, s'il devait être mesuré, le serait à l'aune de la confiance et du bonheur que j'ai souvent (mais pas toujours !) d'être avec eux. Je me réjouis de les voir.

Bien sûr, il y a des moments où l'agacement, l'exaspération peuvent prévaloir : à l'égard de mon enfant quand il fait un caprice, de mon compagnon quand il perd ses clés pour la deuxième fois en un mois, de mon amie qui s'est vexée parce que je n'étais pas libre à déjeuner. Ils m'énervent parfois, il m'arrive à certains moments de ne plus pouvoir les supporter, mais c'est sans importance : j'ai à nouveau envie de les retrouver, je les aime sans rien attendre en retour. Pas toujours avec la même intensité ni de la même façon, car telle est la vérité du cœur humain.

L'amour en continu, lui, est un mythe, il n'existe que dans les romans à l'eau de rose. Prétendre le contraire est inutilement culpabilisant ! Dans la réalité, l'amour est mouvant, il est vivant, comme notre état d'esprit, parfois plus joyeux, d'autres fois un peu plus triste. Au fond, il n'est qu'expériences qui se vivent dans le présent. Il est ouvert, il n'est pas une prison. Il est inconditionnel, il n'est pas absolu. Il n'est ni une extase permanente, ni un poids. Il est un oui profondément chaleureux, réconfortant.

Je ne passe pas mes journées à répéter que je les aime, je n'ai pas besoin de ce leitmotiv pour m'en convaincre. Je n'énumère pas en permanence leurs qualités, je ne les mets pas en balance avec leurs défauts pour analyser s'ils sont dignes ou pas d'être aimés. Je les aime tout simplement, en sachant que le fait de les aimer ne réglera pas les problèmes que j'ai par ailleurs et dont il me faudra m'occuper. Mais cet amour me confortera face à ces problèmes…

S'aimer consiste à entrer dans ce mouvement avec soi-même. À se dire oui, avec chaleur et bienveillance, de manière ouverte. Entièrement oui, et non pas en partie. Si je n'aime que mon moi social, ou ma réussite professionnelle, ou mon physique, indépendamment du reste, en réalité je ne m'aime pas, je n'aime qu'une image de moi. Car je ne suis pas « que » mes muscles, ma belle voiture ou mon métier, je suis bien plus que cela. Je continuerai de m'aimer, même si je gagne quelques rides et que je me retrouve au chômage. Ces points de détail ne me feront pas cesser d'aimer les personnes que j'aime. Y compris ma personne.

Le défi est immense – aimer avec le cœur et non avec la raison est toujours un défi. Il est inattendu, surprenant et illogique comme l'est l'amour. Mais il est passionnant. Je m'aime comme je les aime. Avec lucidité. En m'agaçant parfois, en me trouvant par ailleurs formidable. En reconnaissant mes travers, mes erreurs, mais sans pour autant m'identifier à eux. « Je me suis comporté de manière idiote » ne signifie pas « je suis idiot ». C'est un changement de perspective essentiel, auquel nous devons tout de suite commencer à nous forcer.

« Je suis idiot » ouvre la voie à la mortification : je vais me laisser prendre dans une vaine spirale, m'en vouloir de ce que je suis, projeter l'image idéale de ce que je voudrais être, dans mon entièreté. Et je vais me sentir encore plus idiot, m'enfoncer dans l'idiotie que j'ai érigée en étiquette, me battre la coulpe et me torturer, m'en vouloir de ce que je suis, bien au-delà de ce que j'ai réellement fait. Quand un autre que moi rate son train, je pointe son étourderie qui m'agace, mais je ne le voue pas aux gémonies. Pourquoi alors, quand je rate mon train, suis-je forcément nul, définitivement incapable ? Faut-il vraiment me punir une seconde fois ?

« Je me suis comporté de manière idiote » focalise mon attention, ma culpabilité, sur le comportement que j'ai eu, dans telle situation. Un comportement qui ne résume pas la totalité de mon être ! Je ne suis pas mauvais, mais je n'ai pas été à la hauteur. Parce que je me dis entièrement oui, j'ai envie de me transformer, de grandir. À partir de l'amour que j'ai pour moi, je serai désormais plus vigilant. Mais je sais déjà que je ne serai jamais parfait : la vie est trop complexe pour nous permettre d'être en permanence irréprochables. J'aurai certainement d'autres comportements idiots, je ne serai jamais un être idéal mais je continuerai d'y aspirer, et je mérite quand même d'être aimé.

Je m'aime parce que je suis moi-même, comme j'aime quantité d'autres personnes parce qu'elles sont elles-mêmes. Parce que je les aime, je les encourage : à avancer, à s'améliorer, à être exigeantes, à déployer les possibles en elles. Il m'arrive de leur dire : « Tu vaux bien plus que cela, vas-y ! » Ou encore, en reprenant l'injonction de Pindare, un poète grec du Ve siècle avant notre ère : « Deviens ce que tu es. » Parce que tu as du génie en toi.

Car aimer quelqu'un, c'est l'aider à puiser dans son élan vital pour croître et devenir ce qu'il est réellement. La tradition bouddhiste donne l'exemple de la maman oiseau qui, à un certain moment, cesse de donner la becquée à ses oisillons et, pour les forcer à prendre leur envol, à devenir oiseaux, dispose leur nourriture à proximité du nid, mais plus dans le nid. Les oisillons se révèlent à eux-mêmes quand ils osent, pour la première fois, ouvrir leurs ailes. Ils tombent ? Elle les aide à se relever, à recommencer. Ils doivent devenir oiseaux…

Et moi, qui suis-je ? Bonne question ! Rabbi Zusha, un grand sage du hassidisme qui vécut au XVIIIe siècle, disait, peu avant sa mort : « Dans le monde qui vient, la question qui me sera posée n'est pas "Pourquoi n'as-tu pas été Moïse ?", mais "Pourquoi n'as-tu pas été Zusha ?" » Le défi n'est pas d'être un saint ni un héros, mais d'être moi, ce que je ne suis pas souvent – par peur, par conformisme, par timidité, par ignorance. Qui suis-je ? Heureusement, je ne le saurai jamais de manière catégorique, ni définitive. Je suis un être mouvant, comme l'est la vie, comme l'est l'amour. Je resterai, pour moi, une énigme que je ne maîtrise pas entièrement mais que j'ai à écouter, à interroger. Le chemin est passionnant, il mérite de s'y engager…

C'est un très long chemin. Qui suis-je ? Cette question demande à être toujours posée. Ce n'est pas une interrogation philosophique, mais une quête très concrète : quand suis-je vraiment moi-même, quand suis-je vraiment Fabrice ? Y répondre est un coming-out. Notre vocabulaire a consacré cette expression aux homosexuels qui se dévoilent, qui se mettent ainsi en accord avec eux-mêmes et en éprouvent toujours un incroyable soulagement succédant parfois à un premier choc. Or, la singularité de chacun d'entre nous ne tient pas à sa seule orientation sexuelle : nous sommes tous tentés de taire des aspects de notre personne parce que nous les jugeons peu conformes à une pseudo-règle ou à ce qui est attendu de nous. Sortons-les de l'enfouissement où nous nous évertuons à les maintenir !

Pour être vraiment Fabrice, en accord avec moi-même, avec ce qui me convient, j'ai fait et continue de faire des coming-out. Le pas n'a guère été aisé à franchir sur le moment, mais, par le seul fait de me reconnaître et de m'accepter, j'ai été soulagé de poids plus ou moins importants qui, à force de s'accumuler, finissaient par peser bien lourd sur mes épaules.

Je me suis avoué casanier dans un milieu, celui de l'édition, où l'on adore multiplier cocktails et autres dîners en ville alors que j'ai profondément besoin de moments de silence et de solitude pour me ressourcer. Je me suis avoué hypersensible dans un monde où « un homme, ça ne pleure pas ». Moi, je pleure, y compris au cinéma. Une injustice peut me bouleverser de manière excessive, même quand elle ne me concerne pas : je la ressens dans chaque fibre de mon corps et elle me fait monter les larmes aux yeux. Je vis une parole ou une réflexion malencontreuses, qui seraient anodines pour d'autres, comme un coup de poignard qui m'est porté. Mon rapport quasi kinesthésique au monde, influencé par la pluie, le soleil, le vent, les éléments, me handicape. J'aime, par-dessus tout, peindre, alors que je suis classé dans la catégorie des intellectuels qui réfléchissent et écrivent. Je m'en suis longtemps voulu de ce que je nommais des faiblesses, parfois extrêmement embarrassantes. J'ai caché mes tableaux parce que je ne les trouvais pas intéressants, les larmes qui me faisaient monter le rouge aux joues. Je me suis sermonné, j'ai tenté de me raisonner, puis j'ai dû apprendre à accepter. À m'accepter, casanier, solitaire et hypersensible, un peu artiste. Et, plus encore, à m'aimer.

Il m'a fallu un long travail pour me découvrir. Des tâtonnements, des essais, des erreurs. Sur certains points, j'imaginais que j'étais autre, mais j'étais à côté de la plaque : je trompais les autres et me trompais, au prix d'un inconfort qui ne me quittait pas. Alors je me suis autorisé et j'ai commencé à libérer l'élan vital en moi. J'y ai pris goût et, sans me mortifier ni culpabiliser, je me suis parfois transformé, par respect pour cet être qui m'était devenu cher, moi : je valais mieux que certaines mesquineries que je m'autorisais. J'ai pris du plaisir à me rencontrer – identique au plaisir que je prends à retrouver mon amie, mon compagnon. Je me suis entièrement dit oui, comme une mère aime entièrement, et malgré tout, son enfant.

Je ne me dédouane pas de mes fautes, je les assume. Mais ces fautes n'ôtent rien à mon humanité, celle qui me rend digne d'être aimé. C'est ce que nous apprennent toutes les sagesses, toutes les religions, et elles ont raison, par opposition aux dogmes qui les ont trahies en sacrifiant l'amour au nom de la morale. Pour le Bouddha, pour Jésus, il était évident qu'aucun acte n'épuise la personne. Ils ont, l'un et l'autre, fait confiance à des criminels, à des prostituées, ils leur ont pardonné, leur ont dit oui et les ont intégrés à leur cercle le plus rapproché, ils les ont amenés à se reconnaître et à s'aimer, sans se dissimuler. Le Bouddha était lui-même, avant sa conversion, une sorte de débauché que les lois de son temps auraient condamné s'il n'avait été prince. Jésus s'invite dans la maison de Zachée, le percepteur d'impôts, détesté de tous pour sa malhonnêteté : « Lui aussi est un fils d'Abraham », répond-il à ceux qui lui reprochent de leur préférer un pécheur (Luc, 19, 9).

Ce sont des cas d'exception ? Sans doute… parce que bien peu parmi nous sont capables de s'aimer ! Il me reste moi-même du travail à accomplir sur ce chemin : la pente est toujours glissante et mon sens du devoir continue souvent de m'amener, sans m'en rendre compte, à me sacrifier au risque de me maltraiter, à m'en vouloir de ce que je suis plutôt que des actions que j'ai effectuées.

Je m'aime sans être parfait, indépendamment des circonstances. Le fait de m'aimer m'a rendu, je l'ai constaté, plus exigeant envers moi-même. Je ne suis plus dans le déni : je connais mes travers qui sont comme des faux plis sur une chemise. Je défroisse les faux plis, je ne jette pas la chemise ! J'ai des remords après une bêtise, je ne suis pas dans le déni de mes erreurs ; les réparer et demander pardon me permet, à chaque occasion, de retrouver mon humanité, mon moi, mais j'ai fait la paix avec la culpabilité sourde que j'ai trop longtemps traînée.

J'admets qu'il m'est parfois dur de m'aimer entièrement, de me dire un oui chaleureux et inconditionnel, de me faire pleinement confiance. C'est souvent provocant, troublant, déstabilisant. Néanmoins, il est bon que je sois, moi, mon meilleur ami.

Chapitre 10

S'aimer n'est pas niais

> « *Les dragons ne sont que des princesses qui attendent de nous voir forts et courageux.* »
>
> Rainer Maria Rilke

J'anime, depuis plus de dix ans, des sessions de méditation de l'amour bienveillant. L'amour s'apprend et cet apprentissage si libérateur, si profond, prend du temps. Ce n'est pas une performance à réussir, mais une initiation à un acte de survie. Ce n'est pas une pratique abstraite, mais une manière, d'autant plus profonde qu'elle est concrète, de transformer nos douleurs, nos émotions, nos difficultés, nos blocages, en ressorts pour avancer. De faire la paix avec notre vulnérabilité.

Je ne suis pas un adepte des exercices ni des méthodes mais, pour démarrer cet apprentissage, je formule quatre propositions, de la plus compliquée à la plus simple. Il n'est pas question ici de réussite ni d'échec : si l'on a du mal à répondre à une proposition, on passe à la suivante. Il sera toujours temps de revenir à la première…

1- Je pense à une qualité que je possède et, à partir de là, je sens qu'il y a quelque chose d'aimable en moi, quelque chose que je peux aimer : je suis doux, je suis gentil, je suis agile de mes mains…

2- Je pense à une qualité que les autres m'attribuent et que je peux reconnaître en moi. Je prends le temps de la contempler.

3- Je pense à un acte bénéfique que j'ai accompli dans ma vie. Ne serait-ce qu'un seul acte à partir duquel je reconnaîtrai qu'il y a quelque chose de beau en moi.

4- Je sens en moi l'aspiration, le désir de m'aimer un jour même si je n'y arrive pas pour l'instant. Ce désir est déjà un premier pas, le signe d'un élément réel de bienveillance.

Plus de la moitié des participants aux sessions se heurtent à toutes ces étapes : ils n'y arrivent pas. Leurs témoignages sont troublants. Une femme, une thérapeute qui s'y était inscrite pour la première fois, a raconté s'être occupée toute seule de sa mère qui, dans les dernières années de sa vie, souffrait d'une maladie handicapante. « On me trouvait courageuse, j'estimais n'accomplir que mon devoir. Ma mère me disait que j'étais gentille, je ne l'entendais pas, j'étais persuadée que mes autres occupations m'amenaient à la négliger. Je m'en voulais. » À la suite d'un long travail, cette femme s'est rendu compte qu'elle avait effectivement été courageuse et gentille avec sa mère. Qu'elle était, de manière générale, courageuse et gentille. Cette prise de conscience fut, pour elle, un profond bouleversement. Le début de la réconciliation avec elle-même.

Un ancien golden-boy, qui vivait dans le regret de sa vie passée, m'avait, dans le même cadre, interpellé avec agressivité : « C'est quoi, s'aimer ? » Il ne se trouvait aucune qualité, n'envisageait pas que d'autres puissent lui en trouver. Il se complaisait dans l'image du jeune loup agressif, mais celle-ci ne correspondait pas à son être profond – raison pour laquelle il avait quitté l'univers de la finance. Je sentais que la plongée en soi serait, pour lui, un séisme. D'ailleurs, la seule perspective le paniquait. Je lui avais demandé de penser à un être qui lui était cher et de lui souhaiter le meilleur. Puis, dans un deuxième temps, de faire exactement de même avec sa propre personne. De se souhaiter d'être heureux, indépendamment de ses qualités et de ses défauts. Je ne sais pas s'il y était parvenu. Mais il pleurait… Il avait touché à un point de vérité profondément libérateur.

La pratique de l'amour bienveillant peut sembler simple. Je sais, d'expérience, qu'elle est explosive, dérangeante, bouleversante. Au fond, nous ne nous aimons pas mais nous ne nous en rendons pas compte. Nous n'avons jamais appris à nous aimer, nous avons même été interdits de l'amour tabou de soi, *a fortiori* quand nous nous sentons misérables, quand nous sommes fermés, égoïstes, colériques. Comment aimer cet être-là ? Est-il seulement digne d'être aimé ?

Du reste, quand je présente ces pratiques dans ce que j'appelle à présent « Une journée pour apprendre à méditer », où je guide sur une journée diverses méditations et exercices, c'est toujours celle-ci qui attire le moins de monde. C'est significatif. Peu de gens savent combien ils souffrent de ne pas s'aimer, de ne pas s'être rencontrés. La brutalité que nous avons envers nous-même, nous ne la connaissons pas. Elle nous semble normale.

Et nos idées sur l'amour sont si fausses, si niaises que nous ne croyons pas que là réside la clé de l'apaisement et de l'accomplissement que nous cherchons.

L'amour dont je parle, celui que nous enseigne le narcissisme, n'est pas aveugle, il n'est pas niais. Il n'est pas un blanc-seing que je m'accorde sur un coup de tête, mais un long chemin tapissé de bienveillance et de questionnements. Il est le regard de Narcisse qui, en reconnaissant son reflet, cesse d'être aveugle à lui-même. Il est le fruit d'une intelligence qui nous sort de l'ignorance, d'une curiosité bien plus saine que la négligence dont on fait habituellement montre envers soi-même. Il est l'amour intelligent qu'enseignait Socrate : s'aimer, c'est d'abord connaître ce qui, en nous, favorise la vie.

L'amour dont je parle n'est pas qu'une émotion. Je voudrais d'ailleurs lever tout de suite un malentendu que je vois parfois surgir au cours des sessions de pratique et de méditation. Une mécompréhension que je nomme, plus largement, « la maladie du développement personnel ».

Au nom de l'authenticité, certains érigent leurs émotions en vérité. Or, les émotions sont parfois aussi fausses et égarantes, aussi trompeuses que peuvent l'être l'intelligence et même les perceptions. Cette terreur que j'éprouve au cinéma devant un film d'horreur est certes une émotion très forte, mais elle est éphémère et sans implications dans ma vie réelle : je n'envisage pas de la considérer comme un « signal » : j'ai eu peur, mais je sais que les zombies n'existent pas, je ne vais pas écouter cette peur et tuer, pour me protéger, le passant que je croiserai au coin de la rue. Ma vision, mon audition peuvent elles aussi me tromper : cet arbre que je crois voir au loin, c'est seulement en m'approchant que je comprends qu'il s'agit d'un piquet ; j'ai cru entendre mon nom, mais en fait ce n'est pas mon nom que l'on appelait.

Nos émotions ne sont parfois que « faussanticité » – par opposition à l'authenticité. Un mirage, une illusion, un caprice déguisé. J'ai vu trop de personnes réagir inconsidérément sous le coup de l'émotion, s'emballer ou se bagarrer au nom d'une pseudo-authenticité (« J'exprime ce que je ressens en moi… »), au risque d'erreurs, voire de fautes qu'elles ne tardent pas à regretter amèrement. Ainsi, sous l'effet de la colère ou de la jalousie, je peux avoir envie de changer de travail ou de quitter mon conjoint. Mais est-ce l'émotion ou mon être profond qui me dicte cette envie ? M'aimer implique de dépasser l'émotion pour me regarder de manière lucide, pour écouter mes réelles aspirations, pour prendre la décision qui me mettra en réelle conformité avec moi-même, avec ce que je ressens au plus profond de moi, avec ce que je suis vraiment, avec l'impératif de continuer à grandir pour continuer à vivre pleinement.

Si l'émotion nous égare parfois, la raison peut aussi nous tromper. C'est pourquoi j'ai aussi appris à me méfier des dogmes de la logique et de la rationalité – qui ne sont pas la raison, qui la travestissent et parfois même la ruinent.

La rationalité, ce sont les statistiques de l'emploi qui se croisent avec les courbes des marchés, froides et indiscutables, les datas qui sont nos nouvelles boussoles, les tableaux de chiffres qui sont supposés expliquer ce que nous sommes et prédire ce que nous voulons. Ce sont les camps d'extermination nazis, une fabrication industrielle de cadavres qui était organisée dans une logique implacable : les trains arrivaient à l'heure, le tri des déportés obéissait à des critères définis, les capacités des chambres à gaz étaient étudiées, de même que les quantités de gaz à y injecter. Le parcours était immuable et efficace. Mais cette rationalité était-elle raisonnable ?

Six siècles avant notre ère, Thalès, l'un des premiers philosophes de la Grèce antique, déplorait ce qu'il nommait le « lourd fardeau de l'ignorance ». S'aimer, c'est avoir suffisamment d'intelligence de soi pour dépasser ce fardeau. C'est lutter contre l'aveuglement, à la manière de saint Paul qui a ce cri du cœur : « Vraiment, ce que je fais, je ne le comprends pas, car je ne fais pas ce que je veux, mais je fais ce que je hais » (Romains, 8, 15).

S'aimer n'est pas niais. C'est avoir le courage de sortir de notre prison d'usures, d'habitudes, d'injonctions. C'est trouver, au fond de soi, la capacité de dire non, un vrai non, quand je prends conscience que ce que l'on me demande est inacceptable et que ce que je ressens est juste : je m'aime assez pour me faire confiance, je sais que je ne peux pas aller au-delà, par amour de moi. Les grands résistants ont été dans ce mouvement narcissique : à un moment, ils ont eu l'intelligence de dire non. Le courage, à l'inverse de la lâcheté, est un acte profondément narcissique : se faire confiance, croire davantage à ce que nous dit notre conscience que ce qu'affirment les discours dominants.

Une autre croyance erronée, mais tenace, m'est apparue au cours des sessions de pratique de l'amour bienveillant : on ne se retrouverait qu'en s'isolant. Erreur ! Je ne peux pas me retrancher de ma vie, de ce qui me fait vibrer ou m'agace, de ce qui me plaît ou m'ennuie, pour me découvrir.

Pour se rencontrer, il faut partir à l'aventure, faire des rencontres, éprouver ses capacités, ses possibilités, ses difficultés… C'est en parlant en public que je découvre que j'aime cela, non en y réfléchissant dans mon lit !

S'aimer n'est donc ni laxiste, ni mou, ni sucré : c'est un geste de bienveillance qui est pourtant parfois brutal, une expérience d'apaisement qui n'est pas mièvrerie, mais séisme. C'est ce jour où j'ai enfin décidé de me faire confiance : je donnais une conférence, je me suis presque violenté en déchirant le long texte que j'avais soigneusement peaufiné, comme j'en avais l'habitude depuis des années, et je me suis lancé. Avec la peur, quand j'ai commencé. Puis la joie de me voir capable de me déployer.

S'aimer n'est pas niais, c'est oser le possible en s'ouvrant à une fontaine d'amour. C'est dire oui par conviction, non par crainte de la vie. Nous avons appris à ne pas croire en nous, à calculer et mesurer les risques – et l'enthousiasme. À nous mépriser, à nous diminuer au nom d'une pseudo-lucidité. Mais est-on lucide quand on refuse d'ouvrir les yeux ?

Un jour de canicule, j'ai croisé au pied de l'immeuble l'une de mes voisines que j'ai rarement l'occasion de rencontrer. Nous transpirions tous les deux, je l'ai saluée par une banalité : « Il fait chaud. » Elle a eu un sourire triste : « Je suis en pleine ménopause, j'ai très, très chaud. » J'ai été surpris par cette confidence, je me suis voulu consolateur : « Dans le métro, il faisait encore plus chaud. » Son sourire triste a cédé la place à un rictus : « Je suis au chômage, je ne prends plus le métro, je n'ai nulle part où aller. Qui aurait envie de regarder ma tête ? » Elle se dénigrait cruellement, presque avec plaisir. Elle s'était enfermée dans la condamnation de sa personne, dans la haine qu'elle avait d'elle-même. Elle refusait de croire en elle. J'aurais aimé lui dire qu'elle portait en elle des possibles à découvrir, qu'elle était belle, j'aurais aimé l'inviter à s'aimer plutôt qu'à se mépriser. Quoi que je dise, elle aurait eu une parade toute trouvée. Aveuglée, elle ne voyait, dans ce que je disais, que mensonges ou niaiserie. Son aveuglement, lui, était niais. Il était le « je ne veux pas » ou le « je ne t'aime pas » d'un enfant capricieux. Mais, enfermée dans une spirale la conduisant à un gouffre, elle n'était pas un enfant. Juste une adulte que la détestation de soi empêche de voir la vie qui est encore là, avec ses cadeaux, avec ses surprises.

Adolescent, je n'étais pas malheureux, mais je bouillonnais d'un feu intérieur qui me laissait en permanence insatisfait. Les poèmes sombres que j'écrivais étonnaient un prêtre du lycée catholique où mes parents m'avaient inscrit. Nous avions pris l'habitude de bavarder dans son bureau. Il me répétait que je n'avais aucune raison d'être aussi sombre, que le monde était beau, qu'il me fallait voir la beauté des choses, les oiseaux dans le ciel. Son discours me semblait d'une insupportable niaiserie.

En mettant de côté les aspects plus difficiles de l'existence, son invitation était sans consistance. Moi, certes, j'exagérais alors la nuit, mais cela m'a permis de découvrir un jour qui ne soit pas une fausse promesse, une sorte de calmant pour nous faire oublier la réalité, nous endormir.

Je crois aujourd'hui que le chemin est autre que ce qu'il me disait : il est de se rencontrer dans tous ses aspects. Ne pas voir le bleu du ciel sans les nuages ou les nuages sans le ciel, mais aimer l'entièreté de ce qui est. Aimer ce qui est vraiment.

Ne pas se répéter que tout va bien, mais entrer en rapport avec bienveillance et attention avec tout, tout ce qui est.

M'aimer n'est pas niais : c'est un acte d'intelligence qui consiste à me dire oui, avec mes limites et ma médiocrité, mes possibles et mon humanité. Oui parce que je suis. Oui parce que je mérite d'être. M'aimer est une tâche de longue haleine, l'œuvre d'une vie. M'aimer est le point de départ du déploiement de ma vie…

Chapitre 11

SACHEZ VIVRE DANS L'INACCESSIBLE

« Il faut se désirer – se trouver infini pour vouloir être. »

Paul Valéry

Je ne suis pas le contenu d'une boîte fermée où des objets hétéroclites auraient été déposés en vrac et qu'il me faudrait analyser, ordonner.

Je suis un être en projet dans lequel sentiments, émotions, pensées, souvenirs, impressions se révèlent, se retranchent ou se rajoutent. Je suis un être plein de surprises dont je n'aurai, et c'est heureux, jamais entièrement fait le tour. Je ne cesserai de me surprendre.

Je ne connais d'ailleurs personne dont on puisse faire le tour et une fois pour toutes. Après trente ans de vie commune, je continue d'être surpris par mon compagnon. Je le suis aussi par des collègues que je côtoie depuis presque aussi longtemps : je ne leur connaissais pas certains talents qui se dévoilent, des goûts, des envies, des répulsions qu'ils s'ignoraient sans doute eux aussi. Même nos enfants, que nous mettons au monde et élevons, que nous imaginons « connaître sur le bout des doigts », restent pour nous une énigme. Une « boîte à surprises ».

Je serai toujours inaccessible, dans mon entièreté, à moi-même. Par exemple, j'ignore quelle serait ma « vraie » réaction si j'étais témoin d'un drame, un incendie colossal ou une agression dans le métro. « Personne n'a bougé », déplore-t-on à la lecture des faits-divers dans les journaux. Et moi ? Serais-je capable d'héroïsme ? Le 14 juillet 2016, à Nice, sur la Promenade des Anglais, Franck Terrier, un paisible quinquagénaire qui passait une soirée tranquille avec son épouse, s'est brusquement lancé avec son scooter sous les roues du camion qui fonçait dans la foule, pour tenter de le ralentir. Puis, ayant perdu son scooter, il a couru derrière le camion, s'est agrippé à la cabine et s'est battu à mains nues avec un terroriste fou de rage. Quelques minutes plus tôt, il s'ignorait capable d'un tel courage. Sa révélation à lui-même fut un choc : il a passé plusieurs mois dans le déni de son acte. Lui, « l'homme ordinaire », ne parvenait pas à se reconnaître sous les traits du héros qui avait sauvé des dizaines de vies.

La boîte à surprises que nous sommes regorge d'intuitions, de créativité, de liberté qui nous restent inaccessibles tant que nous n'en avons pas fait l'épreuve, y compris dans les actes les plus simples de la vie. Une question inattendue à laquelle nous répondons brillamment dans un élan qui nous surprend. Un oral d'examen ou un entretien d'embauche que nous réussissons haut la main et contre toute attente – y compris la nôtre. Une porte de grange que nous rafistolons pendant les vacances et qui nous révèle notre envie de continuer à bricoler. Un désir, un projet, un rejet qui nous étonnent nous-mêmes, dont nous ne nous savions pas capables.

Mais, en général, après une joie éphémère, nous oublions. Nous oublions que bricoler a révélé un don réel que nous portons, nous oublions que nous avons eu la capacité de gérer de bout en bout, et dans l'urgence, tel dossier ou tel événement. Notre tendance naturelle, fruit de siècles de moralisation et de culpabilisation, reprend le dessus et nous pousse à ressasser les échecs. Notre frilosité, aussi : nous n'osons pas continuer à nous faire confiance, à faire confiance à l'inaccessible qui, seul, nous ouvre à la saveur de la plénitude.

Car c'est là, le défi : je ne peux qu'avoir confiance en cet inaccessible qui m'habite. Je ne peux pas le contrôler, le gérer.

L'inaccessible dont je parle ici porte un nom : l'humain. S'aimer, c'est aimer l'humain en soi, la vie en soi, au-delà de l'identité étriquée avec laquelle nous nous obstinons à fusionner. Je ne suis pas seulement mes diplômes, mon métier, mon âge, ma couleur de peau, mon orientation sexuelle, mon statut familial. Tout ceci dit beaucoup de moi, mais ne dit rien de moi : je suis bien plus que cela, plus grand, plus beau, plus divers, plus multiple. Mon ami qui fréquentait des sites de rencontres à la recherche de l'âme sœur était mis en relation avec des femmes qui « correspondaient » aux cases qu'il avait cochées. L'âme sœur qu'il a par la suite rencontrée ne correspondait à aucune de ces cases. Elle était bien plus que ces cases et elle lui correspondait, sans raisons. Il l'a aimée, sans raisons non plus, parce que telle est la seule façon d'aimer vraiment. L'énigme de la vie est absolument merveilleuse…

Qui suis-je vraiment ? C'est la question que le Sphinx pose à Œdipe. Ce dernier doit y répondre sous peine d'être dévoré. « Quelle est la créature qui marche sur quatre pattes le matin, sur deux pattes à midi et sur trois pattes le soir ? » Avant Œdipe, beaucoup ont cherché l'identité de la créature et ont été dévorés. Œdipe comprend qu'elle est au-delà d'une identité : elle est l'être humain en soi qui ne peut être défini, enfermé, encadré. L'être humain qui reste une énigme à lui-même, toujours inaccessible, toujours surprenant, même quand il essaye de se dissimuler derrière des étiquettes, son compte en banque, son physique ou sa position sociale, jusqu'à en perdre sa propre humanité.

Je n'ai pas d'identité définitive. Je suis adulte aujourd'hui, vieux demain. Je ne suis pas intelligent en toutes circonstances, j'alterne les envies de paresse et d'activité et j'ignore ce que je serai dans cinq ou dix ans. Je suis l'humanité en moi, mais cette humanité, nous passons notre temps à la maltraiter, au nom de nos identités. Nous ne nous arrêtons pas, nous ne la reconnaissons pas, nous ne l'écoutons pas, nous n'écoutons pas ce dont nous avons besoin pour grandir. Nous renonçons et nous laissons dévorer par le Sphinx, c'est-à-dire par le cours de la vie. L'immuable nous rassure : nous préférons rester dans des rails tout tracés dont nous avons peur de nous écarter. Nous oublions que l'immuable n'existe pas. Par crainte d'un caprice, nous nous interdisons de nous écouter. De dévier, de prendre des chemins de traverse. Nous programmons notre vie, nous cherchons à tout contrôler, parce que nous avons peur de la vie.

L'inaccessible auquel je tends se découvre dans un équilibre subtil entre raison et émotions, entre sensations, intelligence et intuition. On n'y accède pas par des méthodes ni par des recettes prêtes à appliquer, mais par des essais, des erreurs, des recommencements. Par la confiance que l'on accepte, un jour, de s'accorder. Par la capacité à faire simplement attention à ce qui est là, en ce moment précis. La raison est légitime quand elle questionne en permanence, non quand elle est sûre d'avoir raison. L'émotion qui est sûre d'avoir raison cesse d'être juste. L'énigme du Sphinx, c'est l'unité retrouvée, au-delà de la raison, au-delà de l'émotion, au-delà des aires dans lesquelles nous découpons notre existence, ici le travail, là la passion, ailleurs la famille, ailleurs encore les envies. Je suis tout cela à la fois. L'inaccessible, c'est moi.

Rembrandt, un peintre immense, fit de lui-même son modèle privilégié, réalisant près d'une centaine d'autoportraits. On en a donc déduit qu'il était égocentrique. Pourtant il suffit de regarder ses tableaux pour constater qu'au contraire il se peint sans concession. Sur ses derniers tableaux, peu avant sa mort, il est un vieillard courbé, presque enlaidi, mais profondément vrai. Sa quête éperdue était celle de l'humaine condition. Il a passé sa vie à chercher cet inaccessible. Il l'a sans doute plusieurs fois effleuré, ne l'a jamais trouvé. Parce qu'il est introuvable. Il le montre comme aucun autre peintre n'a su le faire. Il ne saisit rien. Sa peinture est une confidence secrète. Une main amicale qui se tend à chacun de nous.

Qu'est-ce que cette inaccessible humanité en moi ? Je n'aurai jamais une réponse définitive, mais je ne briderai pas les réponses qui surgissent en moi. Ce sont des moments de ma vie, sans doute les plus beaux, où je me suis fait confiance et me suis déployé. Pour oser donner ma conférence en déchirant mon texte. Pour dévier du programme que je m'étais fixé – pour ma journée, mon week-end, mes vacances. Pour donner une autre direction à ma vie, plus conforme à ce que je suis. Pour dire oui entièrement, et parfois pour dire non.

Le jeune prodige français Lucas Debargue avait pris quelques cours de piano à l'âge de onze ans et avait abandonné à seize ans, préférant s'amuser avec ses copains. Quelques années plus tard, ayant conservé des rudiments de pratique, il s'amuse à pianoter pour égayer une soirée entre amis. Ce soir-là, il comprend que le piano est, pour lui, plus qu'une distraction : une passion. Une voie. Il abandonne ses études, rejoint un conservatoire et, sur un coup de tête, décide de participer au concours Tchaïkovski, l'une des plus prestigieuses compétitions musicales du monde – le Nobel des musiciens. Il est le premier surpris de se voir franchir l'étape des éliminatoires. Tellement surpris qu'il appelle sa professeure de piano, à Paris. Ahurie elle saute dans un avion et le rejoint à Moscou : son élève ne sait pas poser convenablement ses mains sur le clavier, il néglige souvent les huit heures quotidiennes d'exercices, mais il joue avec son âme. Il recevra le quatrième prix et les éloges des meilleurs mélomanes, nombreux étaient ceux qui auraient voulu qu'il ait le premier prix. Depuis, il est reconnu comme un des grands pianistes d'aujourd'hui.

Comment a-t-il fait ? Cette question lui a été posée par les médias du monde entier. Sa réponse n'a pas varié : « Si on veut réussir parfaitement l'exécution d'une pièce, on se retrouve à devoir sacrifier la musique. Le musicien se met en avant pour dire “Regardez comme je sais bien jouer”, mais il n'y a aucune musique. Parce que, quand on joue, on ne peut pas savoir ce qui va arriver. »

Debargue a réussi en étant juste avec lui-même, c'est-à-dire en étant profondément narcissique. Il a écouté ce qu'il porte en lui, il a pris conscience de ses capacités, de la musique qui l'habite. L'estime de soi, qui est une démarche intellectuelle, l'aurait dissuadé de participer à ce concours où, objectivement, il partait perdant. Son narcissisme, sa confiance, non pas en lui, mais en cet inaccessible qui est plus grand que lui, l'a amené à oser. Et il a joué pour lui, pour la musique. Il ne s'est pas posé de questions, il a irradié.

Vivre dans l'inaccessible, c'est s'habituer à se faire confiance sans raison. Accepter d'écouter en soi un quelque chose qui peut aller à l'encontre des usages, de la pensée dominante, de ce que les autres attendent de moi, mais qui n'est pas moi. Un quelque chose qui mérite au moins d'être écouté.

J'ai une boule au ventre, chaque matin, en allant au travail ? Mais elle existe, cette boule. Mais elle me parle. Entendre son message, comprendre pourquoi elle est là ne signifie pas que je n'irai pas au travail. Lui dire « Va-t'en » ne suffit pas, on le sait, à la faire disparaître. En l'écoutant, elle sera sans doute un point d'appui qui nous portera en avant. J'irai au travail, certes. Mais j'irai en comprenant ce qu'il me faut changer, peut-être dans mon attitude, peut-être dans ma vie. Peut-être me conduira-t-elle sur la voie d'un inaccessible qui sera moi…

J'avais dix-sept ans, je n'étais pas le plus brillant, mais je m'étais mis en tête une drôle d'idée : réaliser un journal qui était devenu un projet de classe. Chacun y contribuait selon ses envies. Certains décortiquaient l'actualité, d'autres se chargeaient de raconter la vie du lycée. Pour ma part, j'écrivais des poèmes, puis l'idée saugrenue m'était venue de publier, dans ce très modeste bulletin, des interviews de grands personnages qui m'intriguaient.

J'ai envoyé de nombreuses lettres expliquant mon désir, avec mes mots maladroits. Contre toute attente, plusieurs, parmi eux, m'ont ouvert leur porte. Claude Simon et Alain Robbe-Grillet avaient accepté de me rencontrer. Ce furent des moments majeurs dans ma vie de jeune homme. Soulages, que j'admirais énormément, m'avait reçu dans son atelier. Je lui avais dit que moi aussi je peignais. J'ignore ce qui l'a touché, sans doute mon désir et certainement pas la raison, mais il est venu chez nous, à la maison, voir mes tableaux et me donner quelques conseils. Je l'ai revu vingt ans plus tard, à l'occasion d'une autre interview, pour un grand magazine cette fois. J'ai été étonné de l'entendre me dire : « Vous me rappelez quelqu'un, je ne vous connais pas déjà ? » Je lui ai rappelé notre première rencontre, il s'est souvenu de sa visite chez moi.

L'inaccessible n'est pas une technique, mais un chemin que nous évitons souvent d'aborder parce que nous nous méfions de sa simplicité. Je ne l'ai pas abordé en demandant de l'aide. Je m'y suis engagé en m'ouvrant. Aux autres, au monde, à moi-même…

Chapitre 12

De l'importance d'être beau et de prendre soin de soi

> *« Le narcissisme généralisé transforme tous les êtres en fleurs et il donne à toutes les fleurs la conscience de leur beauté. »*
>
> Gaston Bachelard

Ma grand-mère a vécu quatre-vingt-dix-sept ans. Elle a passé ses dernières années en maison de retraite. Elle y était très bien soignée, mais ses enfants avaient quand même embauché une dame de compagnie qui, une ou deux fois par semaine, la conduisait chez le coiffeur, lui vernissait les ongles des mains et des pieds et l'accompagnait pour quelques courses. Ma grand-mère avait toujours été extrêmement soignée, très élégante, coquette. La présence de cette dame et les soins « futiles » qu'elle lui prodiguait ont certainement contribué à maintenir en elle, jusqu'au bout, un élan de vie, une envie de continuer d'être, un allant. Après la manucure ou le coiffeur, elle se « sentait mieux ». Mise en valeur, elle reprenait confiance en elle.

J'allais souvent la voir et il m'arrivait de lui dire : « Comme tu es belle, mamie. » Je ne mentais pas pour lui faire plaisir : elle était vraiment belle, au-delà de ses rides et de son corps qui ne lui obéissait plus comme elle l'aurait voulu, de la couleur désormais trop pâle de ses yeux. Son visage s'illuminait : elle savait que c'était vrai.

Nous ne nous interrogeons pas quand nous trouvons belles des personnes qui ne sont pas conformes aux canons imposés : elles sont trop vieilles, trop petites, ont un grand nez, des kilos en trop, et pourtant elles sont belles, au-delà de ce que les canons appelleraient des imperfections.

L'une de mes amies est volontaire dans une association qui propose des cours de maquillage aux malades dans les hôpitaux, des femmes mais aussi quelques hommes atteints de cancers. Elle reste, au bout de plusieurs années de volontariat, frappée par les regards qui s'illuminent après le passage entre les mains des esthéticiennes : « Ils se regardent et se voient beaux. Quelque chose dans leur attitude, dans leur expression, fait qu'ils sont effectivement beaux, objectivement beaux, au-delà de ce qui n'est plus que détails : les séquelles des traitements, les traits tirés ou qui ne sont pas parfaits. Ils sourient à leur reflet dans le miroir, comme s'ils se disaient bonjour. Ils se réconcilient avec leur image et repartent, leur trousse de produits de maquillage sous le bras, avec plus qu'un allant : une réelle envie de vivre. »

Cette expérience, mon vécu avec ma grand-mère, les confidences d'un coiffeur m'affirmant que son métier ne consiste pas seulement à coiffer, mais aussi à aider ses clients à retrouver le contact avec leur propre confiance, méritent d'être interrogés.

Notre culture, notre histoire, notre morale ont érigé la coquetterie en faute, et l'acte de se mirer en synonyme de vanité, donc en péché. Les musées sont emplis de tableaux de femmes qui se regardent dans un miroir, symbole de la vanité, de l'illusion et de la perdition spirituelle. Parfois, on voit certaines d'entre elles se couper les cheveux, s'enlaidir, pour signifier qu'elles se consacrent désormais à la beauté spirituelle, la seule à laquelle il faut accorder de la valeur. Nous sommes, en raison de notre histoire, imprégnés de l'idée de l'incompatibilité entre la beauté de l'âme et celle du corps, l'une faisant obligatoirement de l'ombre à l'autre. Curieuse idée…

Ma grand-mère commettait-elle une faute en se préoccupant, à quatre-vingt-seize ans, de son vernis à ongles et de son brushing ? Elle n'essayait pas de dissimuler son âge, elle en était même fière. Son rouge à lèvres n'était pas destiné à camoufler ses rides, mais à mettre en valeur sa bouche qu'elle avait encore belle, même si elle n'était plus aussi pulpeuse qu'autrefois. Elle ne cherchait pas à séduire, il me semble d'ailleurs qu'elle n'a jamais cherché à le faire. Elle ne cherchait pas non plus, en se maquillant, à se travestir ou à devenir quelqu'un d'autre, mais à montrer ce qu'elle était, en mettant en valeur ses qualités. Elle se faisait belle pour elle-même autant que pour les autres. Et elle avait entièrement raison.

Notre tradition de dichotomie entre le corps et l'esprit, le matériel et le spirituel, donc le négligeable et l'essentiel, nous a amenés à partager le monde en deux clans, séparés par un fossé : les « narcissiques » obnubilés par leur personne physique, et les autres, les « sérieux », qui ne perdent pas un temps précieux à prendre soin d'eux. Aux premiers, les futilités : Sharon

Stone est d'une intelligence supérieure ? « Ça ne se voit pas. » Aux seconds, nous accordons bien plus volontiers notre confiance, sans prendre la peine de juger s'ils en sont dignes.

Cette opposition grotesque est l'une des raisons de notre malheur. J'ai pris l'habitude d'en discuter avec les participants aux différents séminaires de méditation que j'anime depuis des années. Qu'est-ce qui me fait du bien, m'aide à retrouver mon unité et favorise ainsi la vie en moi ? Ils attendent des réponses grandioses – méditer en ermite pendant trois mois au sommet de l'Himalaya, me consacrer à la transmission, se sacrifier pour les autres, peut-être revêtir une robe de bure ou couleur safran.

Ce que je leur dis est beaucoup plus modeste, au risque de les heurter. Une bonne douche après une journée épuisante me fait un bien fou au mental. Faire attention à ce que je mange. M'abandonner sur une table de massage entre les mains expertes de Clément me procure une détente profonde qui me permet de réhabiter à neuf mon existence. Porter ma nouvelle veste, assortie à une cravate que j'ai soigneusement choisie dans ma collection, me regarder dans un miroir et, même si je ne suis pas un mannequin, apprécier le résultat, me procure du plaisir, conforte ma confiance en moi. Marcher dans un parc et respirer l'odeur des roses. Oui, je prends soin de moi pour nourrir la vie en moi. Mon moi n'est pas qu'un esprit, il n'est pas qu'un corps : il est une unité incluant mon esprit et mon corps. En négligeant l'un ou l'autre, je maltraite l'humain en moi.

Reconnaître que l'on prend plaisir à s'occuper de soi reste pourtant considéré comme le summum de la vanité. L'activisme de certaines icônes contemporaines sur les réseaux sociaux rajoute à la confusion. Quand Kim Kardashian poste chaque jour des selfies grotesques sur Instagram, quand Paris Hilton clame : « Il n'y a personne comme moi dans le monde. Chaque décennie a une icône blonde, il y a eu Marilyn Monroe, puis la princesse Diana, et maintenant c'est moi », nous décrions leur narcissisme, leur amour de soi qui les centre exclusivement sur soi.

Or, Kim Kardashian ou Paris Hilton ne sont en rien narcissiques : au contraire, elles ne s'aiment pas. Elles s'aiment si peu, elles se font si peu confiance qu'elles n'osent pas se montrer : elles dissimulent leurs photos sous les retouches de programmes informatiques, gomment leurs aspérités et inondent les réseaux d'images d'elles-mêmes qui ne correspondent plus en rien à la réalité. Elles se fabriquent un idéal auquel elles tentent désespérément de correspondre, parce qu'elles ne se sont jamais rencontrées. Elles ne font pas confiance à ce qu'elles sont, parce qu'elles ne savent pas ce qu'elles sont.

Des Kim Kardashian, j'en croise tous les jours dans la rue, déformées à force d'avoir abusé de la chirurgie et de la médecine esthétiques, alourdies d'un maquillage devenu masque. Prises dans une quête assoiffée, consumériste, elles courent encore et encore derrière un modèle qui les fascine mais qui est tout sauf elles. Elles aiment ce modèle, elles ne s'aiment pas. Elles veulent « ressembler à... », elles ne veulent surtout pas se ressembler. Elles ne se trouvent rien d'aimable et, si elles sont dans cette douleur, c'est parce qu'elles ne se sont jamais rencontrées.

Elles sont aux antipodes d'un Rembrandt et d'un Montaigne, exemple admirable de narcissisme quand il dit, avec sincérité, aimer sa « trogne grisonnante », non pas parce qu'elle est belle, mais parce qu'elle est sienne : « C'est contre nature que nous nous méprisons », écrit-il avec une sérénité qui ne cesse de me bouleverser.

Je respecte aussi cette amie qui, pour faire la paix avec elle-même, arrivée à la quarantaine, a eu besoin de « corriger » son nez. Avec un impératif narcissique qu'elle avait martelé au chirurgien : « Je veux qu'on me reconnaisse, je veux rester moi, mais en un peu mieux, avec un nez encore imparfait mais moins imparfait. » Elle est restée elle-même, joyeuse et soulagée.

Je suis narcissique quand je prends soin de moi pour « me sentir mieux » et non pour épater les autres – d'ailleurs, il y aura toujours un modèle qui les épatera encore plus que moi. Je suis narcissique pour me régénérer, quand je m'écoute, quand je découvre quelque chose de ma propre beauté qui est déjà là et que j'aide à se révéler. Je suis narcissique quand je ne vais pas chez le coiffeur pour avoir la même coupe de cheveux que telle actrice ou tel chanteur, mais pour être encore plus moi. Je suis narcissique quand, le matin, dans ma glace, je me trouve beau et que ce constat me « donne la pêche ». Mon rapport aux choses, aux êtres, en prend une autre coloration. Je ne me recroqueville pas comme ces jours où, sans savoir exactement pourquoi, je me « trouve une sale tronche ». Je m'ouvre au monde et je me transforme.

Il y a quelques années, j'ai constaté que, petit à petit, j'avais pris dix kilos qui m'alourdissaient. J'ai essayé toutes sortes de régimes, en vain. Au bout de quelques jours, quelques semaines, je rechutais dans la gourmandise et me désolais. Un matin, sous la douche, j'ai pris conscience que ce corps ne me plaisait pas, à moi.

J'ai décidé de faire simplement attention à la situation, sans me raconter des histoires et sans m'en vouloir. Profond retournement. Ce corps alourdi ne me correspondait pas. C'est tout. J'ai voulu recommencer à m'habiter. Pour moi. J'ai alors perdu ces dix kilos par pur narcissisme. Sans me contraindre, ni me forcer. Je n'étais plus dans les « il faut », mais dans ce qui était juste pour moi. Je ne me suis pas forcé, je ne me suis pas torturé. J'ai juste fait attention à ce que je sentais, à ce que je vivais quand je mangeais. J'ai appris à avoir plus d'amitié pour la nourriture, pour mon corps, pour mes émotions, pour moi… Ces semaines ont été très joyeuses.

Aujourd'hui, malgré mes dix kilos de moins, je ne ressemble toujours pas à un mannequin de magazine. Mon corps n'est pas exceptionnel, mais il est mien. Ma cicatrice à la lèvre est toujours là, mais elle est devenue une vieille amie et, au fond, je l'aime bien. Ma gaucherie m'attendrit, même si elle m'agace aussi quelquefois.

Je me suis habité, y compris à mon côté empoté. Suis-je beau ? Je l'ignore, mais je m'aime et je prends soin de moi. Depuis que je me suis dit oui, un oui absolu, je constate que mon apparence physique s'est drôlement améliorée. Ce oui-là m'a libéré, il m'a guéri.

Chapitre 13

De l'importance de dire « je » et de parler de soi

> « *Je suis plus vaste et meilleur que je ne le pensais. Je ne savais pas que je contenais autant de qualités.* »
>
> Walt Whitman

Leonard Zelig, l'homme-caméléon imaginé par Woody Allen dans le film éponyme, est un personnage emblématique de notre temps. « C'est sécurisant d'être comme les autres ! Je veux être aimé », dit-il, dans sa détresse, à ceux qui l'interrogent sur son étrange faculté de transformation physique et psychique : obèse avec les obèses, noir avec les noirs, évêque avec les évêques, nazi avec les nazis, rabbin, boxeur, jazzman, mafieux, il n'est jamais lui-même, toujours autrui. Il ne dit jamais « je », toujours « nous ». Son seul but est d'incarner le rôle que la société lui assigne, sa seule crainte est d'être rejeté. Les médecins s'intéressent à son cas, une psychanalyste découvre l'origine de son mal : Zelig souffre d'un cruel besoin d'amour. Sous une forme certes caricaturale, il raconte l'une des maladies les plus répandues de notre temps : la peur d'être soi.

Notre éducation nous a appris à bannir le « je », réputé égocentrique, au profit du « nous », dit de modestie. À nous dissimuler par politesse derrière une identité collective, et par prudence derrière un groupe qui nous protège. « Je » ne pense pas, « nous » pensons. « Je » ne vois pas, « nous » voyons. C'est le prix de la sacro-sainte mais tout à fait illusoire objectivité, le garant d'une mise au pas des singularités. « Je » est l'ego honni qu'il faut tuer, un sujet de torture dans les groupes de méditation où de nombreux pratiquants s'intègrent avec l'idée de l'annihiler.

J'ai évidemment rédigé ma thèse de doctorat en « nous » : il aurait été impensable d'écrire « je ». J'ai mis du temps à comprendre à quel point ce « nous » m'a empêché de penser, ce moule m'a interdit de me déployer. « Je », nous dit-on, est l'apanage des poètes. « Je » est réservé aux propos mineurs. Je ne parle pas ici du « je » fabriqué, coquetterie des personnages publics et des politiciens qui disent « je » pour ne rien dire, mais du vrai « je », celui qui est habité, celui qui touche. Ce « je » que l'on retrouve dans un genre réputé anecdotique : les micro-trottoirs que rapportent les médias, supposés être sans intérêt et dont il est de bon ton de se moquer, par opposition au docte discours des experts et autres sachants. Je lis, je regarde, j'écoute avec assiduité ces courts témoignages. Ils viennent du cœur et sont incarnés. Ils me disent souvent beaucoup plus de vérités que les longs commentaires bien tournés et les élucubrations de tant de théoriciens coupés de toute expérience qui ne tirent leur savoir que des livres. « Je » nous parle de la vie.

J'ai étudié, moi aussi, dans les livres. Pendant des années, je m'en suis voulu d'être incapable de m'intéresser au Meccano technique qu'étaient les cours de philo. À force de concepts qui n'interpellaient que mon intelligence, j'avais fini par imaginer cette matière stérile, déconnectée, protégée de la réalité. Jusqu'à ce que je lise Socrate avec mes propres lunettes. Je l'ai suivi sur les places publiques où il parlait aux gens pour les aider à se rencontrer. Il m'a réconcilié avec le monde des idées en me recentrant sur l'essentiel de la philosophie : moi. Il m'a autorisé à dialoguer avec moi-même, il m'a appris à penser. J'ai appréhendé le « nous » et les grandes théories grâce au « je » et à ma singularité. J'ai compris l'universel quand je l'ai regardé au microscope de mon individualité. Il m'a amené au narcissisme

J'ai aussi, grâce à ce professeur, appris à lire. Lire n'est pas apprendre des informations, c'est interroger le texte, partir à l'aventure avec lui, le laisser nous parler, nous transformer réellement. La philosophie sans narcissisme, c'est du poison. La littérature sans narcissisme, c'est du poison. Le cinéma sans narcissisme, c'est du poison. Parce qu'ils ne me rendent pas vivant. Je connais des singes savants capables de discourir de la vie en alignant les références. Ils sont mortellement ennuyeux, incapables de faire jaillir l'enthousiasme, donc la vie, dans le cœur de celui qui les écoute. Je lis des romans, je vois des films, de grands romans et de grands films qui m'aident à être. Leur propre ? Ce sont des histoires d'individus, Monsieur et Madame Tout-le-monde, Emma Bovary ou le Père Goriot. Ils sont l'histoire de l'humanité.

Féru de photographie, j'ai, un temps, enseigné cette discipline à l'université. Je demandais à mes étudiants des travaux personnels, et j'insistais sur ce mot. En retour, ils me rapportaient des photos qu'il me semblait avoir vues partout. Des photos en « nous », bien léchées mais anonymes. Bien cadrées mais insignifiantes. Quand je les pressais, ils me montraient leurs autres photos, celles qu'ils avaient écartées en pensant qu'elles n'intéresseraient personne. Des photos habitées où ils se mettaient à nu, même sans se représenter. Je pense en particulier à un étudiant qui photographiait des arbres, rien que des arbres. J'avais droit aux chênes majestueux et aux oliviers centenaires ; ses pellicules foisonnaient pourtant d'autres clichés, intimistes ceux-là, des arbres encore, mais à travers lesquels il disait « je », au point d'en être parfois gêné. Il me répétait que ces clichés-là étaient trop personnels pour être un vrai travail de photographe.

Il était désarmant, persuadé que « je » est banal, inintéressant, que ces photos-là n'avaient rien d'intelligent ni de brillant. Il préférait exposer ses idées plutôt que ses émotions et ses sensations. Mais les idées ne sont jamais singulières : ce que je pense, des millions de gens le pensent aussi. Par contre, ce que je sens, personne d'autre ne le sent. C'est seulement en exprimant cette singularité que l'on se détache de l'abstrait, du collectif, pour enfin aborder l'humanité. Ce renversement de perspective lui avait permis de libérer un talent qu'il avait immense.

« Je » n'a pas besoin d'être un savant pour révéler son génie. Car je ne suis pas uniquement génial de ce que je sais, je le suis aussi, voire surtout, de ce que je sens. « Je suis génial » ne signifie aucunement que suis parfait, supérieur aux autres, plus intelligent, plus admirable ou doté de diplômes plus prestigieux.

Je suis génial parce que je suis un être humain et que je porte en moi le génie propre à chaque être humain. Je suis génial parce que je sais exprimer ce génie en réussissant ma tarte aux pommes, en développant une belle qualité d'écoute, ou un talent d'écriture, ou une capacité à transmettre et enseigner, ou une dextérité remarquable. Mon grand-père, tailleur de métier, était génial quand il tenait une aiguille entre ses doigts et la faisait danser sur un tissu ; il n'avait jamais été à l'école, il parlait mal le français, mais il se savait habité par son métier dans lequel il se déployait.

Je suis génial parce que je suis un enfant de cette Terre, parce que je ne suis pas parfait, parce que je ne corresponds pas à un modèle standard. Je suis génial parce que je suis tel que je suis. Parce que je suis unique et que je peux et dois me faire confiance.

Narcisse est la figure qui nous sauve du danger de devenir Zelig. Un danger d'autant plus redoutable que l'on ne se rend jamais compte que nous sommes déjà sur sa pente glissante. Nous sommes conditionnés, depuis la prime enfance, et au nom d'une logique productiviste, à n'être plus jamais « je ». À l'école, la pédagogie ne s'adapte pas à tous les enfants, mais elle leur demande de s'adapter à elle, au nous. Dans le monde du travail, la « culture d'entreprise » ne se contente pas de fédérer : bien souvent, elle reste un étau destiné, au nom de l'harmonie, à gommer tout ce qui peut être différent, singulier, enrichissant.

« Je » n'est pas vanité. Il n'est pas non plus, contrairement à ce que l'on croit hâtivement, affaire de bavards, les moulins à paroles à qui l'on n'ose pas demander comment ça va. Prenons la peine de les écouter : leur verbiage n'est que paroles creuses et dissimulation, répétitions en boucle et ennui profond. Ceux-là, même quand ils parlent d'eux-mêmes, parlent en réalité pour ne pas se rencontrer, pour ne pas se toucher. Ils se fuient et parlent pour ne pas parler d'eux.

Le psycho-sociologue américain James Pennebaker a consacré l'essentiel de sa carrière à traquer le « je » et le « nous ». Il a épluché des dizaines de milliers de discours, de tous ordres : privés et publics, politiques et scientifiques, les discours de mères au foyer et ceux de golden-boys. Son constat est sans appel : « Nous pensons que les personnes autocentrées, auto-importantes, se réfèrent à elles avec des pronoms à la première personne : c'est faux. » Elles systématisent le « nous » de la dissimulation – il est beaucoup plus difficile de mentir en employant le « je ».

Le vrai « je » est déconcertant. C'est un « je » qui m'habite et qui habite l'autre. Il me force à être vrai, à me mettre à nu. Il touche, au-delà de la singularité, au-delà de l'authenticité, l'humanité en soi et en ceux qui écoutent. Il nous concerne tous, ce « je », et c'est en cela qu'il nous captive. C'est un « je » qui ne parle pas forcément d'émotions, mais qui nous emmène à travers des territoires inconnus. C'est en « je » qu'un agriculteur m'a passionné pour la culture des pommes de terre, en « je » qu'un professeur de philosophie m'a rendu l'amour de cette discipline, en « je » qu'un éditeur m'avait autrefois converti à son métier. C'est un « je » où je m'implique profondément et où j'implique l'autre. Un « je » qui vibre, qui exprime mon être, qui me libère. C'est le « je » des personnages charismatiques, ceux devant lesquels tout le monde se tait pour écouter.

Un « je » qui reste encore beaucoup trop rare : même si notre société s'ouvre un peu plus à la singularité, chacun continue de se cacher derrière des références rassurantes, derrière un « nous » ou un « on » supposés exprimer l'universel. Mais je ne suis pas l'universel, je suis un être humain qui demande à rencontrer d'autres êtres humains ! La carence de « je » explique le déficit politique et la crise sociale que nous traversons, les abstentions records aux scrutins, le manque d'envie et d'enthousiasme. Notre société souffre avant tout d'un déficit narcissique radical.

Ce déficit se traduit par la montée en puissance d'un autre phénomène inquiétant : le nombre croissant de ceux que l'on appelle malencontreusement les pervers narcissiques, en réalité des individus qui ont perverti le narcissisme à l'extrême.

Le phénomène n'est pas nouveau. Il désigne, à l'origine, les tueurs en série, des psychopathes qui, coupés de toute émotion, de toute humanité en eux, de tout narcissisme, sont de ce fait incapables de voir ou de ressentir l'émotion ou l'humanité en l'autre, leur victime. Les grands criminels nazis, exclusivement identifiés à leur uniforme, coupés d'eux-mêmes, sont représentatifs de cette forme de perversion.

Le pervers dit narcissique est un individu fasciné par sa propre image, une fiction, un idéal qui ne correspond en rien à la réalité. Il utilise cette image en rempart contre lui-même : elle le coupe de ce qu'il est, de son rapport à son moi. Il n'est plus que cette image, elle le protège de lui-même. Son « je » n'est pas un « je », mais celui de l'image qui s'est construite. Il est abstrait, donc violent.

Il instrumentalise son rapport aux autres : leur seule fonction est de conforter son image.

Entièrement tendu vers ce but unique, il est prêt à détruire quiconque pourrait un jour, éventuellement, la menacer. Calculateur, il repère les faiblesses en l'autre et les utilise pour mieux le contrôler, le manipuler. Même quand il dit « je t'aime », c'est uniquement pour défendre cette image. Il ne peut se permettre aucun risque.

Or, être humain, c'est prendre un risque. « Je » est un risque. Il est le risque du « non », mais il est, en même temps, la seule chance d'être entendu, avec ses envies, ses désirs, ses projets, ses problèmes.

J'ai appris à m'écarter de tous ceux qui ne s'autorisent pas à dire « je », à être « je ». Osons le « je » : tant qu'il est vivant, il n'est pas honteux. Tant qu'il est vibrant, il est soulageant. « Je » est un processus de libération quasi magique : j'écoute ce que je ressens, je reconnais ce que je ressens, je fais confiance à ce que je ressens, à ce que je suis, et je l'exprime. « Je » n'est pas intime, « je » est humain. Il touche le cœur, il touche l'humanité. En soi et en l'autre. Quand j'ose le « je », même si l'on m'oppose un « non », je sais que j'ai enfin été entendu…

Je n'ai pas encore appris à toujours dire « je ». On ne l'apprend d'ailleurs jamais définitivement : c'est un travail qui reste en permanence à accomplir. Cela demande beaucoup d'attention de dire quelque chose de vrai. Parfois, j'ai peur de me mettre à nu, de dire vraiment ce que je sens, ce que je pense. J'ai peur que cela suscite le rejet, même si, je le constate, c'est presque toujours l'inverse qui se produit. Parfois, je me trompe sur ce que je ressens. J'ai honte et je présente des excuses alors que je n'ai commis aucune erreur. Honte de n'avoir pas eu le temps de répondre à tous pendant une conférence, de répondre comme il faut à chacun de ceux qui m'écrivent, honte de n'avoir pas donné tout ce que je pouvais donner. Je veux trop en faire, et ne suis alors pas juste non plus. J'apprends encore que j'ai le droit de dire : « Je ne peux pas faire plus » quand j'ai déjà fait beaucoup. J'apprends à accepter qu'il est impossible que tout le monde m'aime ou m'apprécie. J'apprends à être heureux parce que je suis « je ». C'est un risque qu'il nous faut prendre. Osons nous l'accorder…

Chapitre 14

SE SACRIFIER POUR LES AUTRES EST UNE TRÈS MAUVAISE IDÉE

> *« Il faut se prêter aux autres et ne se donner qu'à soi-même. »*
>
> Michel de Montaigne

Deux grands systèmes politiques se sont construits autour de l'impératif proclamé du sacrifice de l'individu au bénéfice de l'avenir de la collectivité : le stalinisme et le nazisme. Ce sont les deux systèmes qui ont causé le plus de morts dans l'histoire de l'humanité. On en retrouve des émergences dans les dictatures contemporaines, portées par une idée radicale : ce que pense ou ressent l'individu est non seulement sans valeur, mais surtout néfaste au groupe ; le groupe est plus grand que le petit soi, il « sait ».

Nous sommes revenus de cette conception politique, mais nous n'en avons pas tiré toutes les conséquences. Le discours dominant, politique, économique et moral, dans nos sociétés dites démocratiques, nous demande encore, comme le faisaient Staline et Hitler, de nous sacrifier pour le collectif, le bien commun – du système, du groupe, de la famille, de l'entreprise.

Depuis qu'au milieu du XIXe siècle le sociologue français Auguste Comte a forgé le mot « altruisme » qu'il oppose à « égoïsme » et érige en « résumé naturel de toute la morale positive », le slogan de l'altruisme jamais accompli nous accable. Le mantra dominant veut que notre société soit encore trop égoïste, trop individualiste. Nous l'avons intériorisé jusqu'à cesser de nous interroger. Jusqu'à devenir incapables de réaliser, d'abord que ce diagnostic est faux, ensuite que l'exigence permanente du sacrifice de soi au profit du collectif produit un collectif de plus en plus déshumanisé et déshumanisant.

Je dirais même qu'évoquer les notions d'altruisme, en appeler au « collectif », à la notion de devoir, ruine la possibilité d'une véritable politique et éthique qui repose sur des individus libres et conscients de leur liberté.

J'entends souvent des paroles d'agacement, voire de colère, qui répondent à mes discours autour de la méditation. Des personnes pétries de la « religion de l'altruisme » et furieuses de mes encouragements à être narcissique, à s'écouter, à se foutre la paix et à prendre soin de soi. Elles entendent paresse, mollesse et égocentrisme, me rétorquent labeur et efficacité, altruisme et don de soi. Elles voient l'antinomie là où je ne décris qu'une profonde unité.

On ne reproche pas à un futur médecin de prendre le temps d'étudier le corps humain, de réfléchir et de ne pas être tout de suite dans l'efficacité. On n'en veut pas au chercheur qui s'isole devant ses éprouvettes, qui gamberge au fil de ses intuitions, sans savoir ce qu'il découvrira. Mais on a du mal à penser à l'impératif d'apprendre à s'écouter et à être narcissique. On ne comprend pas que ce temps, durant lequel je me forme et réfléchis au-delà du savoir intellectuel, est constitutif, plus que de moi-même, d'une collectivité réellement et solidement démocratique, au sein de laquelle « je » a droit de cité et le devoir de s'exprimer.

Sans narcissisme, il n'y a pas de démocratie, car sans narcissisme, les citoyens sont incapables de penser par eux-mêmes et d'agir en véritables citoyens. Ils pourront certes être de bons salariés, efficaces sur le marché du travail, mais ils seront dans l'incapacité de ressentir réellement leurs besoins, donc les besoins des autres. Ils seront performants sous leur uniforme, ils ne se penseront pas géniaux. Ils ne seront pas responsables.

Le collectivisme est une erreur majeure. Un système aussi barbare, aussi fermé, aussi irresponsable que son pendant, l'individualisme qui est l'identification à des images de soi : je suis mannequin, je suis cadre supérieur, je suis riche et ne m'intéresse qu'à consolider cette image. L'un et l'autre occultent l'être humain dans sa rencontre avec lui-même et, par conséquent, avec les autres êtres humains. Car je ne peux être en rapport avec l'autre que lorsque je réussis à me rencontrer après avoir pris le temps de m'écouter. « Si tu t'aimes un peu, alors t'aimes les autres », comme le chante Morice Benin…

Nous sommes égarés par une fausse dualité où nous devrions choisir entre un sujet roi, égoïste, enfermé en lui-même, et le sacrifice de soi à un « nous » collectif, une instance supérieure. Choisir entre l'individuel et l'universel. Dans les deux cas, l'essentiel est sacrifié : l'individu qui, par souci de la vérité, par narcissisme, apprend à penser par lui-même, à dire « non » à l'injustice, à s'engager en toute conscience. Cet idéal a pourtant été le fil rouge de la grandeur de l'Occident. De notre conception de l'éducation qui devrait consister à apprendre à chacun à être un peu libre.

Ne vous sacrifiez pas : c'est une très mauvaise idée. Prenez plutôt le temps d'écouter ce dont vous avez besoin, ce dont vous avez envie, ce qui est important pour vous, prenez le temps d'être en paix avec vous pour parvenir à être réellement en rapport avec les autres. Vous prétendez ne pas avoir le temps ? Ce n'est pourtant pas une question de temps, c'est une affaire d'attitude.

Ne vous sacrifiez pas, mais agissez en conscience. Vous resterez quand même plus longtemps au bureau pour aider votre collègue, vous mettrez de côté votre envie de cinéma parce que votre petit dernier est fiévreux, vous irez voir votre cousine à l'hôpital même si vous n'en avez pas envie. Mais en prenant acte de votre fatigue, de vos réticences, en nommant votre don de soi, en le sortant de la banalité. En vous disant merci et en vous reconnaissant aimable. Vous le ferez surtout dans une tout autre perspective qui vous rendra heureux.

Notre idée de sacrifice est liée à une très curieuse conception de la morale. J'agis moralement si et seulement si j'agis par pur devoir, sans en éprouver le moindre plaisir personnel. C'est le « don pur » promu par la morale chrétienne et renforcé par la morale kantienne, quand elle affirme que l'acte moral doit être totalement désintéressé. Il est réduit à rien par le plaisir qu'on en tirerait. Nous sommes marqués par Kant, même si nous ne l'avons pas lu. Nous calculons le mérite à l'aune de l'absence de plaisir. Et nous marchons sur la tête !

Si l'autre souffre, je dois souffrir avec lui – sinon je me sens quelque part coupable, même si je ne suis pour rien dans sa souffrance. Mon conjoint s'est cassé la jambe et il est immobilisé dans son lit ? Je me sens coupable de sortir dîner et m'amuser avec des amis. Nous ne voyons pas que l'obligation d'empathie est un piège ! Mon conjoint a-t-il besoin que je reste à ses côtés à regretter ce dîner, qui se rajoute à la séance de yoga manquée, au pot d'entreprise pour lequel je me suis excusé, à l'après-midi avec une amie que j'ai déprogrammé, et pour lesquels je finis par lui en vouloir ? Ne lui serais-je pas plus utile en étant épanoui et en l'aidant spontanément et de tout mon cœur, sans avoir l'impression de m'être sacrifié ? Non seulement ce sacrifice me ronge mais en plus il me conduit à attendre de lui qu'il se sacrifie à son tour pour moi. Je me remplis peu à peu de ressentiment.

Il est une autre manière, bien plus joyeuse et bien plus utile d'aider les autres : je t'aide parce que je me suis écouté, et je sais que t'aider me fait du bien. Je m'accomplis en t'aidant. C'est saint François d'Assise ou Jean Vanier qui ne sont pas dans la mortification, mais dans la joie d'aimer. C'est cet homme qui, pendant la tuerie du Bataclan, à Paris, s'est placé devant sa femme dans un acte de pure confiance dans la vie, et lui a donné sa vie. Ce sont ces volontaires qui, dans les Restos du Cœur ou d'autres associations, n'offrent pas la triste image du dévouement, mais celle de l'épanouissement le plus sincère. Ils sont heureux d'aider. Et leur aide est heureuse.

Notre entendement de la compassion implique de se sacrifier pour l'autre : l'essentiel, croit-on, est de souffrir avec lui. J'ai ainsi longtemps cru qu'avoir du cœur impliquait de se mettre à la place de l'autre. Non !

L'important est d'être ouvert à l'autre, ce qui est totalement différent. Quel soulagement ce fut pour moi de découvrir qu'en tibétain, le mot que l'on traduit par « compassion » est *tse-wa*, un état d'esprit où l'on étend aux autres la manière dont nous nous traitons. C'est en ce sens que le dalaï-lama peut affirmer que « l'extrême compassion n'est autre qu'un stade supérieur de cet intérêt pour soi-même. C'est pourquoi les gens qui se détestent eux-mêmes ont tant de mal à se montrer sincèrement compatissants envers leur prochain. Ils n'ont pas de point d'ancrage, de départ ». J'ai également été éclairé en découvrant qu'en hébreu donner se dit *natan*, un mot qui se lit aussi bien de gauche à droite que de droite à gauche. Cela suggère que lorsque l'on donne, on reçoit en retour, et que lorsque je reçois, je donne aussi. Quel soulagement ! C'est le *self fullness* promu par la psychologie positive, la plénitude du soi – comme antidote à l'égoïsme et à l'altruisme.

À un moment de ma vie, je me suis sacrifié pour l'un de mes proches qui était en grande souffrance et j'ai failli en mourir. J'avais mis ma vie en sourdine pour être à ses côtés, très présent, trop présent. Je me sacrifiais, mais je m'en voulais de ne pas en faire assez. Ce n'était du reste jamais assez. J'étais pris dans une spirale infernale. J'étais rongé de l'intérieur.

J'ai été sauvé par François Roustang, le maître de l'hypnothérapie, qui avait eu une seule phrase pour moi : « Sauvez votre peau. » Il l'avait prononcée avec une telle gravité, avec une telle intensité qu'elle m'avait arrêté. J'avais compris la violence de ma démarche. Je me détruisais.

J'étais jusque-là prisonnier d'une certaine image du sacrifice et de la compassion qui m'empêchait d'être juste. Mon sacrifice avait quelque chose de morbide alors même que je croyais bien faire. Ma souffrance parce que ce proche souffrait me semblait juste – un devoir, même. Elle ne m'aidait en rien. Je m'intoxiquais pour me sentir mal et, croyais-je, mieux l'accompagner dans sa souffrance. Mais il n'y avait aucune raison pour que je me sente mal. Pour que j'accepte d'être maltraité.

Je me suis autorisé à poser des limites et à dire non. Non, je ne peux pas en faire plus. Non, je ne suis pas coupable. Non, tout n'est pas entre mes mains. J'ai, dans un premier temps, dû me forcer. Je ne suis pas devenu égoïste, je ne l'ai pas abandonné, je n'ai pas été moins dévoué, je suis resté présent, mais j'ai accepté le fait que je ne pouvais pas tout faire. Que sa guérison ne *dépendait* pas de moi. Je pouvais l'aider, l'accompagner, mais en aucune façon le guérir. J'ai ainsi commencé à briser la spirale de la dépendance, une dépendance en réalité réciproque, dans laquelle nous étions tous les deux pris. La spirale infernale de la culpabilité.

Au début, il en a été surpris, j'étais persuadé qu'il m'en voudrait : pour la dame de compagnie qui prenait la relève quelques heures par jour, pour les moments où je le laissais seul parce que je n'annulais plus un rendez-vous de travail. Cette dépendance était un piège, un nœud que nous avions tous les deux bien serré et que nous avons dénoué ensemble. J'ai cessé de me sacrifier pour lui et je me suis occupé de lui. J'ai pris un peu de recul, il a gagné en confiance. Il a réalisé qu'il n'avait pas besoin de tous mes sacrifices et, curieusement, il en a été soulagé. En cessant de me sacrifier, en étant narcissique, je l'avais enfin sauvé et j'avais en même temps sauvé notre relation. Nous nous sommes à nouveau retrouvés, dans le respect mutuel et la dignité. Pour nous deux, quelque chose de l'hiver a cessé. Son amour est redevenu ce qu'il n'aurait jamais dû cesser d'être : un miroir dans lequel je me regarde, comme mon amour est un miroir dans lequel il se regarde, sur lequel nous prenons appui pour nous construire et avancer, exactement comme le nourrisson prend appui sur le regard aimant de sa mère – un regard sans lequel il mourrait.

Je côtoie, dans ma vie professionnelle, une femme adorable mais qui ne dit jamais non. Tout le monde a pris l'habitude de lui marcher sur les pieds, elle a pris l'habitude de se sacrifier. Elle a la réputation d'être « serviable » et a été, une fois pour toutes, rangée dans cette catégorie. Elle ne s'épanouit pas, elle souffre. Elle respecte les autres, elle ne se respecte plus. Prise dans le piège mortifère de l'altruisme, elle a fini par être convaincue qu'elle n'a aucune valeur. Elle aide pour être aimée, sans réaliser qu'elle serait encore mieux aimée si elle avait le courage d'exister en dehors de ses sacrifices. Si elle avait le courage d'être narcissique et de dire parfois non. Si elle passait de la compassion à la dignité, envers elle-même et envers les autres. Ils ne lui en demandent pas tant !

La vraie gentillesse implique de pouvoir dire non – de n'être pas altruiste –, de ne pas séparer irrévocablement moi et l'autre. La gentillesse a mauvaise presse aujourd'hui, justement parce qu'elle est identifiée à une incapacité à dire « non ». C'est une grave erreur. Il faut distinguer le fait de ne pas écouter ses besoins, de ne pas oser être juste de la véritable gentillesse.

L'amour n'est pas la dépendance. Il ne consiste pas à avoir « besoin » de l'autre, mais à être heureux avec lui, vraiment et pleinement présent à une relation dont nous nous nourrissons mutuellement. Je t'aime profondément parce qu'il y a du commun qui nous lie.

Chapitre 15

Avoir enfin la force de s'engager

> « *La révolte ne va pas sans le sentiment d'avoir soi-même, et quelque part, raison.* »
>
> Albert Camus

J'ai connu un héros – nous connaissons tous quantité de héros. Je l'avais rencontré il y a quelques années. À cette époque, cadre dans une grande entreprise, il ployait, en dehors de ses heures de travail, sous un sentiment de profonde pauvreté. Il ne quittait son bureau que pour rester chez lui, à regarder la télévision. Il ne se sentait à la hauteur de rien, il n'osait pas s'élancer. Il avait même hésité à répondre à son neveu qui lui demandait de l'aider pour un devoir de mathématiques : « Je ne sais pas enseigner. » Puis il a cédé. Lui a donné un cours et s'est pris au jeu. Aux vacances de printemps, il lui a fait réviser le programme de l'année. Révélé à lui-même, se trouvant finalement pas si mauvais, il s'est engagé au sein d'une association pour aider, chaque samedi, des enfants en difficulté. Il a donné un peu de son temps, il a reçu des brassées d'amour.

Cet homme s'est découvert. Je l'ai revu il n'y a pas si longtemps. Il n'était plus le même. Animé d'une énergie qu'il s'ignorait, il a multiplié les initiatives, d'abord pour aider les enfants scolarisés, puis pour remettre en selle les jeunes et les adultes illettrés. Il se fait confiance et il ose. Il ose dire, il ose faire, il ose être. Il n'a pas eu besoin de se surpasser : il s'est regardé comme Narcisse en son miroir, il a découvert en lui une immense capacité à donner – et des choses à donner. En s'engageant, il a été, avec lui-même, en rapport de vérité. Il a trouvé sa place et il n'a pas lâché.

À l'encontre du discours dominant que nous répétons comme des perroquets, le drame de notre société n'est pas d'être trop égoïste. Elle n'est pas la société du sujet-roi, mais du sujet-frileux, nécrosé de ne pas oser être roi. Je vois encore trop de personnes repliées sur elles-mêmes, terrorisées, des fleurs qui ne demanderaient qu'à s'épanouir mais qui craignent, en déployant leurs pétales, de ne pas être à la hauteur, de ne pas savoir donner – ou de trop donner. Le drame réel de notre société est l'absence de narcissisme. La honte du narcissisme.

Je suis devenu narcissique pour ne pas rester englué dans une identité – cadre, ouvrier, ambitieux, paresseux, gentil, méchant… Je suis devenu génial quand j'ai été suffisamment narcissique pour surmonter ce que j'appelais mes anomalies qui n'étaient que des singularités. Je n'étais ni égoïste ni paresseux mais, enfermé dans ma coquille, je ne m'autorisais pas à être. Je me croyais pauvre et je me suis découvert riche, plein de possibilités. Des forces de vie se sont libérées en moi. J'ai cessé d'être un bouchon de liège porté par les vents et se laissant aller avec passivité, je suis devenu fidèle à ce que j'avais découvert en moi.

J'ai eu envie de donner, d'aider, de m'engager. Ce n'est pas une particularité qui m'est propre, mais un mouvement naturel de l'être humain qui consiste à sortir de soi pour aller vers l'autre. Un mouvement profondément narcissique. Comme le disait si bien Aristote, nous sommes fondamentalement des êtres politiques, c'est-à-dire relationnels ! J'ai eu mes peurs, j'ai eu mes doutes quand j'ai compris que j'avais *besoin*, pour m'accomplir, de transmettre la méditation à une époque où elle n'attirait pas grand monde. J'ai pris acte de ces peurs : j'avais le droit d'avoir peur, j'avais même le devoir d'écouter ces peurs, elles font partie de la réalité de mon engagement quand il est nourri de moi. Je me suis obstiné, pour être fidèle à moi-même. J'ai donné. Beaucoup. Et j'ai reçu en retour. Beaucoup.

Du mot « engagement », nous avons appris à ne retenir que l'idée de sacrifice. Grossière erreur ! L'enseignant, le menuisier, le fonctionnaire, le patron qui s'engagent pleinement dans leur tâche ne sont pas portés par l'idée de sacrifice, mais d'accomplissement de soi, de bonheur et de plénitude dans leur engagement. L'abbé Pierre, mère Teresa qui se sont engagés pour aider les plus pauvres n'envisageaient pas leur action comme un sacrifice, mais comme un élan : ils étaient portés par leur idéal, ils s'étaient rencontrés et s'étaient donc ouverts au monde.

L'abbé Pierre, mère Teresa seraient tombés à la renverse si on les avait qualifiés de narcissiques, et pourtant ils l'étaient. Tous ceux qui aspirent à œuvrer pour un monde meilleur, y compris dans les plus infimes tâches du quotidien, se sont aimés. Profondément. Ils sont prêts à prendre des risques, ils s'aiment suffisamment pour assumer leur confiance en eux plutôt que de se soumettre aux diktats. Ils se rencontrent et ont la force de sortir de l'ignorance et de dire non.

En m'engageant, j'ai vécu pleinement le sens de *natan*, la compassion en hébreu, ce mot qui se lit dans les deux sens : j'ai donné et j'ai reçu. Je suis rentré en moi pour sortir de moi. J'ai été en contact avec ce qui m'anime et je me suis, de ce fait, ouvert au monde. Je me suis libéré, je ne me suis pas sacrifié. Je suis, heureusement, resté différent : les armées de robots ne s'engagent pas, les êtres humains avec leurs particularités ont l'énergie et l'envie de se dépasser. De se mettre à nu et d'assumer leur génie. Je me suis donné et suis devenu encore plus riche des richesses que j'avais en moi et que j'avais longtemps ignorées.

Je suis narcissique parce que je crois en moi, en mes capacités. Je suis narcissique pour oser faire ce que j'ai envie de faire. Je suis narcissique, donc je suis habité par un idéal qui me porte et me transcende.

« Je suis génial » est une parole de vérité. Je peux être gros, moche ou mal rasé, me regarder dans une glace et dire quand même bonjour, au-delà de mes poils mal rasés, à l'être humain qui se reflète dans cette glace. Je peux avoir l'envie légitime de m'améliorer, de devenir conforme à ce mec génial dont je viens de croiser le regard dans le miroir. « Nous sommes géniaux » est la seule parole qui puisse nous sortir de la spirale de l'enfermement collectif.

À la propagande du management j'oppose le narcissisme de l'engagement. M'aimer, ce n'est pas me regarder le nombril, c'est accomplir ce qui me grandit pour rester vivant. C'est me reconnaître et toucher l'humanité en moi. C'est un travail de tous les jours.

Je ne me contenterai pas de la médiocrité.

Annexe

J'ai bien conscience de proposer dans mon livre une lecture renouvelée de Narcisse. Mais n'est-ce pas la nature des mythes que de devoir être interrogés à chaque époque à neuf, en fonction de ses propres interrogations ?

Je crois la chose d'autant plus nécessaire que Narcisse me semble être le mythe de notre temps, le mythe *pour* notre temps – comme Œdipe a été celui du XXe siècle.

Œdipe est cet être à qui le Sphinx pose la question des questions : « Quel est l'être qui marche à quatre pattes le matin, à deux pattes à midi et à trois pattes le soir ? » C'est, répondit Œdipe, l'homme. L'être qui, petit, sorti du sein, se traîne à terre à quatre pattes, marche ensuite sur ses deux pieds puis, vieux, s'appuie sur son bâton comme sur un troisième pied…

Œdipe a compris que l'énigme porte sur ce qu'il est. Or, n'est-ce pas cette affirmation qui a structuré le XXe siècle ? Savoir nommer l'homme alors qu'il a été attaqué en son être, comme en aucune autre époque de l'humanité qui a pourtant connu son lot de monstruosités.

La réponse donnée, l'énigme n'est cependant pas encore entièrement résolue. Et c'est bien là toute la tragédie du XXe siècle. Être homme implique une certaine manière de se situer face à la Loi du père, au devoir et à l'interdit dont le XXe siècle a essayé de penser un rapport plus libre, un peu plus émancipé. Comment penser cette émancipation sans en faire une liquidation de toute dette, de tout devoir, de tout engagement ?

Narcisse nous parle, quant à lui, de l'extrême difficulté où nous sommes de dire « je ». Un « je » qui ne soit pas un leurre, une image, un reflet, une illusion, mais qui nous permette d'assumer la vérité même de notre existence et de notre responsabilité éthique.

Notre aliénation ne vient plus d'abord du poids de la Loi, mais d'une désintégration de nos identités. Le père que nous décrit Freud n'a plus aujourd'hui, en tout cas en Occident, la même emprise sur nos vies. Il suffit ici d'écouter les psychanalystes nous parler de leurs patients, dont nombre n'ont même pas eu de père pour en faire l'épreuve[1].

Notre aliénation vient de la difficulté de nous rencontrer. Les nouvelles technologies, l'industrie du divertissement, nos modes de vie favorisent un rapport à tout qui est fragmenté, voire inconsistant. Nous devons simplement faire plus, être encore plus rapides, plus efficaces – nous coupant toujours plus radicalement de nous-mêmes pour y arriver.

Pour interroger à nouveau Narcisse, je me suis appuyé sur de nombreuses lectures de ce mythe.

Notre connaissance se restreint à la version si attachante d'Ovide. C'est elle par exemple que choisit

1. Je dois beaucoup pour ces analyses à mes discussions avec Jean-Jacques Tyszler qui tente de cerner la nouvelle économie psychique de nos contemporains. Voir *À la rencontre de… Sigmund Freud*, Oxus, 2013.

de peindre Nicolas Poussin dans son célèbre *Écho et Narcisse* (Paris, Louvre, 1627).

Mais revenir à la source grecque est éclairant. Narcisse y est une figure de renouveau de la vie, symbolisée par la fleur qui porte son nom et qui est l'une des premières à sortir de la terre pour annoncer le printemps. Elle tapissait au début de cette saison les champs marécageux des îles de la mer Égée, avant de s'étioler très rapidement. Narcisse est devenu ainsi le signe de la vie qui triomphe, évoquée chez Sophocle ou dans l'hymne homérique à Déméter[1]. Celui-ci est particulièrement éclairant. La fille tant aimée de Déméter, *Korè* (Perséphone), est enlevée par Hadès, le dieu des enfers, alors qu'elle est en train d'admirer un champ de *narcisses*. Hadès est décidé, en effet, à en faire son épouse.

Déméter, dans son chagrin d'être séparée de sa fille, délaisse son œuvre et la terre devient stérile. Zeus intervient et impose un compromis : Perséphone vivra une partie de l'année avec sa mère et retournera chaque automne avec son époux. C'est pourquoi nous connaissons cette alternance de périodes fécondes et stériles, origine du cycle des saisons, des semailles et des récoltes. On retrouve cette lecture du mythe dans le tableau de Nicolas Poussin, *L'Empire de Flore* (Dresde, 1630-1631), où nous est présentée la métamorphose de diverses figures, dont Narcisse en fleur, dans une magnifique méditation sur le retour annuel de la vie.

À ce mythe s'articule un ensemble de rites et d'initiations, tels les mystères d'Éleusis, qui ont structuré la vie des anciens Grecs. On devient homme en traversant la mort et en découvrant une vie nouvelle. La jeune fille

1. Sophocle, *Œdipe à Colonne*, v. 681-684.

meurt à cet état et devient femme mariée. Aujourd'hui encore, le mariage est une mort suivie d'une résurrection ; on parle d'ailleurs d'« enterrer » sa vie de garçon ou de jeune fille, sans nécessairement prendre la mesure du sens profondément mythique de cette expression.

Bernard Sergent, s'appuyant sur la lecture de Dumézil des trois fonctions qui structurent les sociétés indo-européennes, a montré que derrière ce mythe se cache le rôle propre de l'initiation du tout jeune homme qui meurt à l'enfance pour entrer dans l'âge adulte et devenir un guerrier. Il articule ainsi parfaitement ces deux éléments : la mort en réalité *symbolique* de l'éphèbe et le renouveau propre à la fleur[1].

Derrière cette question du passage se pose aussi la question de l'unité de la vie. Comment réunir ce qui semble séparé, le printemps et l'automne, la vie et la mort, la manifestation diverse des choses ?

Dire « je », c'est, nous disent les Grecs, effectuer ces deux mouvements : se ressaisir dans son unité profonde et accepter de devoir se « métamorphoser » – ce que fait non seulement l'enfant qui devient adulte, mais tout être au cours de sa vie…

Quelques siècles plus tard, dans le monde romain, le mythe de Narcisse est repris à nouveaux frais. Conon, un écrivain qui rassembla les curiosités et les légendes provenant de Grèce, le reprend en y lisant le récit du châtiment de celui qui a refusé de rendre un culte à Éros, selon un schéma courant dans l'Antiquité. Tant

---

1. Voir *L'Homosexualité dans la mythologie grecque*, Payot, 1986, et *Homosexualité et initiation chez les peuples indo-européens*, Payot, 1996.

de récits nous présentent en effet un héros qui, par inattention, ne respecte pas un dieu et en est puni. Il s'agit alors d'une méditation sur ce qui fait la justesse d'une action humaine, jusqu'où il nous est possible d'aller.

Le texte d'Ovide est un sommet non seulement dans l'intelligence qu'il a du mythe, mais aussi d'un point de vue littéraire. Il articule le récit de Narcisse en le liant à celui de la nymphe Écho, qui, pour avoir trompé Héra, a été privée du pouvoir de parler en propre. Elle ne peut que répéter ce qui a été dit. Ce qui se joue ainsi dans ce double destin, c'est la difficulté à pouvoir dire « je », à parler en son nom propre. Dans tous les récits de l'Antiquité, Narcisse n'a donc jamais été amoureux de lui-même. Il est victime d'une illusion. Il s'est méconnu.

C'est par la suite que le récit a été réduit à la figure d'une faute morale – trop s'aimer soi-même. Et même là, si l'on regarde attentivement, les choses sont plus complexes. En effet, au Moyen Âge, Narcisse figure, particulièrement chez les troubadours et les poètes de l'amour courtois, l'amour inexaucé et sert d'appel à ne pas se refuser à l'amour.

Narcisse, à l'époque du baroque, au XVIIe siècle, permet d'éclairer le sentiment nouveau de l'existence dans son vertige propre. Je ne peux et ne pourrai jamais me saisir. L'image que voit Narcisse dans l'eau est ondoyante, incertaine. Comme le souligne Gérard Genette, « la fontaine est toujours prête à reprendre, sur un imprévisible caprice, l'image qu'elle semble offrir[1] ».

---

1. Gérard Genette, « Complexe de Narcisse », in *Figures*, Seuil, 1966, p. 23.

À la fin du XIXe siècle, le mythe de Narcisse est retravaillé intensément et tout particulièrement autour de Mallarmé et des auteurs symbolistes. Il devient l'occasion de repenser le souci de soi à une époque d'une crise majeure des sociétés occidentales.

Ce qui fut pour moi décisif a été ma lecture des évocations de Narcisse chez Rilke. Un vers où il évoque « Narcisse exaucé » m'a conduit à réexaminer ce mythe[1]. J'ai bien conscience, en écrivant ces lignes, que je vais faire sourire. Qui prend au sérieux le propos d'un poète, fût-il l'un des plus importants du XXe siècle ?

Et pourtant. Rilke est allé dans les enfers de notre temps pour y ramener l'Eurydice à la lumière. Interroger Narcisse fut, pour lui, une manière de repenser le sens même de notre existence et la nécessité de se retrouver, d'assumer ce qu'il nomme notre « solitude » intrinsèque. À la fin de sa vie, Rilke a été fortement frappé de découvrir les poèmes de Paul Valéry consacrés à Narcisse. Il y trouvait le même questionnement qui n'avait pas cessé de le hanter sa vie durant.

Il traduisit ce cycle de poèmes en allemand et n'eut de cesse de rencontrer le poète français. Valéry vint lui rendre visite dans le Valais, où il vivait en solitaire dans une sorte de tour moyenâgeuse. Ils passèrent un après-midi ensemble et n'eurent qu'un sujet de conversation : Narcisse. Ce fut, comme en témoignèrent les deux hommes, un moment majeur de leur existence, une rencontre parfaite. Sur le livre d'accueil, on trouve les mots suivants de Valéry : « Ce jour de solitude à deux, mon cher Rilke, toujours me sera précieux. Je

1. « Dirait-on », *Les Roses* (V) 1126.

vous en remercie de tout cœur. Château de Muzot, ce 6 avril 1924, Paul Valéry. »

Rilke ajouta : « Le 8 avril, on a planté un jeune saule au jardin de Muzot. Je voudrais que ce soit un peu en souvenir de cette belle et mémorable visite du grand poète qu'il grandît. »

N'est-il pas significatif que l'une des plus grandes rencontres qui eurent lieu au XXe siècle entre deux poètes se soit faite en évoquant Narcisse ?

Ce qui se dit là est essentiel. On ne rencontre un autre être humain qu'en approfondissant sa propre solitude – c'est là par exemple le sens de la formulation de Valéry : « Solitude à deux. »

Il rejoint ici l'analyse si percutante de Rilke sur l'amour, dans les *Lettres à un jeune poète* : « L'amour, ce n'est pas dès l'abord se donner, s'unir à un autre. L'amour, c'est l'occasion unique de mûrir, de prendre forme, de devenir soi-même un monde pour l'amour de l'être aimé. C'est une haute exigence, une ambition sans limite, qui fait de celui qui aime un élu qu'appelle le large. Dans l'amour, quand il se présente, ce n'est que l'obligation de travailler à eux-mêmes que les êtres jeunes devraient voir. »

Nous retrouvons ici la mise au jour du mensonge qu'est l'altruisme. J'aime à la mesure où je deviens enfin qui je suis. Nullement en m'oubliant. En me sacrifiant. Dans son *Testament*, publié bien après sa mort, en 1974, Rilke évoquant sa relation avec Mme Klossowska, écrit : « Je ne puis me défaire de moi. Car, si j'abandonnais tout, tout ce qui est mien et, comme je le désire quelquefois, passais aveuglément dans tes bras, m'y perdais, c'est justement quelqu'un qui se serait abandonné que tu tiendrais : pas moi, pas moi. »

Dans l'élaboration de ma réflexion, j'ai aussi été nourri des représentations de Narcisse et au premier chef de l'admirable tableau du Caravage que je suis allé voir à Rome (Palais Corsini). Sa grande tendresse n'a pas cessé de m'interroger et de me guider dans la rédaction de ce livre. Caravage a compris ce point essentiel : Narcisse nous parle de la tendresse perdue et manquante qu'il nous faut apprendre à reconquérir.

Peindre Narcisse n'est pas son seul fait. Au XVIe siècle, les peintres vont se saisir de ce mythe qui devient alors le symbole de la peinture. Ce n'est pas là la moindre des surprises où m'a conduit mon travail. Ce prétendu mythe de l'égoïsme a ainsi été, pendant plusieurs générations, celui de la capacité de l'art à approcher l'énigme de la vraie ressemblance – non une copie mécanique, mais une découverte de la réalité d'un soi authentique. Alberti écrit ainsi dans l'ouverture de *Della pittura* : « J'ai pris l'habitude de dire à mes proches que l'inventeur de la peinture, selon la formule des poètes, fut ce Narcisse qui se vit changé en fleur, car si la peinture est bien la fleur de tous les arts, alors c'est toute la fable de Narcisse qui viendra merveilleusement à propos. Qu'est-ce donc que peindre, sinon embrasser avec art la surface d'une fontaine ? »

Le sens tout entier de la culture réside là.

Pour notre plus grand malheur, cela ne nous est plus du tout évident. La culture est trop souvent réduite à un instrument industriel de divertissement ou une sorte de jeu de distinction sociale. Du coup, la chose fait peur. Nous semble intimidante. Tant de gens croient ne pas pouvoir apprécier une œuvre car il leur manque des connaissances. Mais lire un poème, un roman, voir un tableau n'est pas acquérir des connaissances intellectuelles abstraites, c'est se rencontrer soi-même.

Roland Barthes est ici un guide précieux : « Il s'établit entre l'écrivain et moi une sorte de complicité flatteuse ; je me sens choisi ; l'artiste me découvre ; il me chante, il chante ma peine, ma joie, ma curiosité ; il la chante bien ; il en a tout vu, tout senti, et d'autres choses encore que je ne voyais ni ne sentais. Écho d'un Narcisse qui ne sait pas parler, c'est mon double inspiré ; sa confidence m'illumine ; mais ses révélations sont si décentes, il chante ce chant individuel avec tant d'à-propos, avec une beauté si pleine mais si modeste, que je n'ai pas à en rougir, et qu'au plaisir d'avoir été deviné, j'ajoute celui de n'être pas trahi[1]. » Barthes met au jour la dimension narcissique de l'œuvre d'art. Avant la rencontre avec l'œuvre, ma propre vie m'était obscure.

C'est ce que décrit aussi Jean Genet : « Je vais au théâtre afin de me voir, sur la scène (restitué en un seul personnage ou à l'aide d'un personnage multiple et sous forme de conte), tel que je ne saurais – ou n'oserais – me voir ou me rêver, tel pourtant que je me sais être[2]. »

Permettre à chacun de trouver dans une œuvre d'art la possibilité de se rencontrer, c'est préserver l'humanité en chacun de nous.

Le mythe de Narcisse permet ainsi de repenser l'énigme qu'est pour chacun d'être, d'être celui que

---

1. Roland Barthes, « Plaisir aux classiques », in *Œuvres complètes*, tome 1, Seuil, 2002, p. 57.

2. Jean Genet, « Comment jouer *Les Bonnes* », in *Les Bonnes*, Gallimard, 1947, p. 10.

nous sommes, celui que nous avons à être, de sentir que nous avons pleinement le droit d'être.

Mais pour réussir à nommer ce geste, il m'a fallu lever quelques confusions majeures et dissoudre l'illusion tenace que ce geste est un acte de vanité égocentrique.

D'où vient cette méprise ? Elle tient à des raisons religieuses, philosophiques et économiques.

Religieusement, la méprise est troublante. Le cœur de toutes les religions consiste à dire à l'homme : tu es génial, fais-toi confiance. Tu n'es pas cet être misérable, soumis à la fatalité, mais tu es « fils de Dieu ». Or, malgré cette affirmation initiale, les religions ont établi un socle doctrinaire pour montrer exactement l'inverse : que sans l'Église, sans les dogmes et tout un ensemble d'institutions, « je ne suis que cendre, pourriture, une chétive créature, un infâme pécheur[1] ».

C'est là, au sein du christianisme, un fil qui vient pour une grande part de saint Augustin et l'élaboration du péché capital qui nous condamne avant même la moindre action personnelle. Je cite ici le christianisme parce qu'il nous est familier, mais les mêmes analyses pourraient être faites à propos de toutes les autres religions.

La philosophie s'est elle aussi méprise, et pour trois raisons principales.

Elle a inventé une morale abstraite qui repose sur un sacrifice de soi. J'ai évoqué dans les pages qui précèdent l'influence considérable sur toute la pensée moderne de la conception kantienne de la morale. Je n'y reviendrai pas.

---

1. Voir par exemple *Explications des premières vérités de la religion à l'usage des écoles chrétiennes*, Namur, 1840.

La seconde erreur est l'invention d'un être isolé, conscient de lui-même et séparé des autres. C'est un piège. Je dois ici beaucoup au travail de Wittgenstein pour ouvrir les portes et les fenêtres de notre conception de l'individu. La notion d'altruisme, qui a connu une étrange fortune dans la pensée du XXe siècle, ne fait que retourner le piège sans nous permettre d'en sortir. Nous confondons désormais la place de l'*autre*, l'altérité – cette expérience essentielle à la vie –, avec *autrui*… Il faudrait ici tout reprendre et tout repenser. Car l'individualisme n'a strictement rien à voir avec la rencontre avec soi ; il repose, au contraire, sur une méconnaissance radicale de soi.

Cette découverte est au cœur du thème du Narcisse dans l'œuvre de Paul Valéry[1]. Entre le moi pur et le « Monsieur » qui a tel âge, tel caractère, il y a un abîme et c'est cet abîme que sa poésie interroge. Autrement, je ne peux dire « je » qu'en ayant assumé *l'altérité* au cœur même de mon être. Sinon, le « je » que je revendique n'est qu'une image trompeuse.

Enfin, troisième illusion, l'invention par la philosophie du mythe selon lequel l'homme est foncièrement mauvais, égoïste, dangereux. Ce mythe a été inventé dans le dessein de justifier l'absolutisme, fût-il comme chez Voltaire à tempérer par l'influence du philosophe éclairé. Ce n'est pas le moindre des mérites de Rousseau que de mettre en question cette condamnation, non selon une grossière caricature de sa pensée parce qu'il croit dans le mythe naïf du bon sauvage, mais parce qu'il veut affirmer la nécessité de se rencontrer,

---

1. *Narcisse parle*, 1891 ; *Les Fragments du Narcisse*, 1919 ; *La Cantate du Narcisse*, 1939.

de penser par soi-même, de fonder une société où l'homme n'a pas à renoncer entièrement à sa liberté.

Les recherches en sciences sociales, en ethnologie, en éthologie s'attachent depuis quelques décennies à mettre en question cet étrange mythe originel de notre temps.

Économiquement, l'hystérie de la rentabilité fait des ravages chaque jour plus grands. Plus rien n'existe, n'a même le droit d'être que pour autant qu'il soit productif et que sa production puisse être évaluée. Je ne suis qu'en tant que j'ai un emploi… que je vaux tant sur le marché du travail.

Le problème n'est pourtant pas que la gestion de notre société n'est pas assez bien structurée, mais que la gestion apparaît désormais comme le rapport normal et obligatoire aux choses et aux êtres. Le fleuve, les océans, les arbres, les animaux et les êtres humains ne sont plus dans cette perspective qu'une sorte de capital à gérer au mieux – ils n'ont plus d'existence dans leur singularité propre. C'est une attaque d'une violence féroce contre l'homme, tous les êtres vivants et le monde.

À évoquer ces divers champs, on comprend l'enracinement profond dans notre culture de la méfiance radicale envers soi, de la condamnation du « narcissisme » – il y a là une forme de soumission religieuse, morale, politique et économique de l'être humain dont il est temps de se libérer.

Bibliographie

Poésie

Ovide, *Les Métamorphoses*, éd. M. Papathomopoulos, Les Belles Lettres, 1968.

Rilke Rainer Maria,

— *Lettre à un jeune poète,* trad. Bernard Grasset et Rainer Biemel, Grasset, 1937.

Un texte qu'il faut lire et relire tant il éclaire ce que veut dire le souci de soi comme seule condition à tout amour réel.

— *Le Testament*, trad. Philippe Jaccottet, Seuil, 1983.

— *Œuvres* II, poésie, Seuil, 1972.

Valéry Paul, *Œuvres*, Gallimard, Bibliothèque de la Pléiade, tome 1, 1957, et tome 2, 1960.

Bachelard Gaston, *L'Eau et les Rêves*, José Corti, 1991. Une des plus admirables et libres méditations sur Narcisse.

Michaux Henri, *L'Espace du dedans*, Gallimard, 1966.

Vinge Louise, *The Narcissus Theme in Western European Litterature up to the Early 19th Century*, Gleerups, 1967.

Frontisti-Ducroux Françoise et Vernant Jean-Pierre, *Dans l'œil du miroir*, Odile Jacob, 1997.

Philosophie et politique

PLATON, *Alcibiade.*

ARISTOTE, *L'Éthique* – et plus particulièrement le chapitre sur le « philia » qui évoque l'amitié pour soi d'une manière vivifiante.

MONTAIGNE, *Les Essais.*

ROUSSEAU Jean-Jacques, *Émile ou De l'éducation*, Gallimard, Bibliothèque de la Pléiade, 1969.

DE TOCQUEVILLE Alexis, *De la démocratie en Amérique* – et plus particulièrement le chapitre intitulé « Pourquoi les Américains se montrent si inquiets au milieu de leur bien-être ».

HEIDEGGER Martin, *Séminaires de Zurich*, Gallimard, 2010.

WEIL Simone, *Intuitions pré-chrétiennes*, La Colombe, 1951.

HADOT Pierre, « Le mythe de Narcisse et son interprétation par Plotin », *Nouvelle Revue de Psychanalyse*, n° 13, Printemps, 1976.

FOUCAULT Michel, *L'Herméneutique du sujet : cours au Collège de France (1981-1982)*, Gallimard/Seuil, 2001.

FRANCE-LANORD Hadrien, *S'ouvrir en l'amitié*, édition du Grand Est, 2014. Une étude éclairante sur ce qu'est le soi au cœur de l'expérience philosophique et que l'auteur distingue avec beaucoup de précision du « moi ».

Psychanalyse, Psychologie

FREUD Sigmund, *Pour introduire au narcissisme*, trad. Olivier Mannoni, Payot, 2012.

ANDRÉA-SALOMÉ Lou, *L'Amour du narcissisme*, trad. Isabelle Hildenbrand, Gallimard, 1980.

LACAN Jacques, *Écrits*, Seuil, 1966.

EHRENBERG Alain, *La Fatigue d'être soi, Dépression et société*, Odile Jacob, 1998.

ASSOCIATION LACANIENNE INTERNATIONALE, *Grandeur et misère du narcissisme, « Condamnés à être libres »*, journées des 14 et 15 juin 2003, Cahiers de l'association lacanienne internationale, Paris, 2004.

DIEL Paul,

— *Psychologie de la motivation*, Payot, 1984.

— *Le Symbolisme dans la mythologie grecque*, Paris 1981.

CSÍKSZENTMIHÁLYI Mihály, *Vivre*, Pocket, 2006.

BEN-SHAHAR Tal, *L'Apprentissage du bonheur*, Pocket, 2010.

Méditation

TRUNGPA Chögyam,

— *Pratique de la voie tibétaine,* Seuil, 1976 Analyse remarquable et au scalpel des ressorts de la honte et de la vanité.

— *Shambhala, la voie sacrée du guerrier*, Seuil, 1990. De manière frappante pour un enseignant venant de la tradition bouddhique, il éclaire les visages de l'amour de soi, de la bienveillance envers notre propre vulnérabilité.

SALZBERG Sharon, *L'amour qui guérit*, Belfond, 2015 ; Pocket n° 16546.

Divers

BETTINI Maurizio, PELLIZER Ezio, *Le Mythe de Narcisse*, trad. Jean Bouffartigue, Belin, 2003.

KNOEPFLER Denis, *La Patrie de Narcisse*, Odile Jacob, 2010.

HABERT François, *Description poétique de l'histoire du beau Narcissus*, Lyon, 1550.

REMERCIEMENTS

Sans Djénane Kareh Tager, je n'aurais jamais eu le courage d'écrire ce livre qui me hante pourtant depuis tant et tant d'années.

À Clément qui m'aide à être qui je suis.

À Bruno qui me permet d'avoir confiance dans la vie.

Mon livre doit beaucoup aux échanges que j'ai pu avoir avec Tal Ben-Shahar. Nos discussions passionnées ont beaucoup nourri ma réflexion.

Je suis aussi empli de gratitude envers Chögyam Trungpa. C'est lui qui, le premier, a su que la méditation n'aurait de sens que si elle permettait d'être enfin ami avec soi.

Je voudrais remercier Léonard Anthony dont l'amitié m'accompagne pas à pas dans mon travail, ainsi que Susanna Lea qui, telle une fontaine merveilleuse et splendide, ouvre tous les possibles.

Merci à Guillaume Robert qui est juste parfait.

Merci à Nicolas Watrin pour son enthousiasme visionnaire.

Merci à Catherine Dincq, libraire à Rouen, qui m'a toujours soutenu et témoigne du rôle majeur que jouent pour un auteur les libraires – formidables et précieux passeurs.